AF295372

Le château de Val (XVème siècle) dans le Cantal

LE MOYEN ÂGE MYSTÉRIEUX

50 NOUVELLES ET POÉSIES

© *2025*
Réalisation: **La Méridienne du Monde Rural**
Directrice de la publication : **Anne de Tyssandier d'Escous**
Auteurs des textes : **collectif d'auteurs**
Illustrations : **DR**

Éditeur : **La Méridienne du Monde Rural**
541 rue des Nadauds -19110 Bort-les-Orgues
adresse de gestion :
93 rue Jules Ferry – 19110 Bort-les-Orgues
la.meridiennedumonderural@gmail.com

Impression : Libri Plureos GmbH,
Friedensallee 273, 22763 Hamburg
(Allemagne)

ISBN : 979-10-90416-64-2
Dépôt légal: avril 2025

RECUEIL

LE MOYEN ÂGE MYSTÉRIEUX

50 NOUVELLES ET POÉSIES

Association LA MERIDIENNE DU MONDE RURAL
www.lameridiennedumonderural.fr

*Livre publié par La Méridienne du Monde Rural à la suite
d'un concours littéraire qui avait pour thème la Dame de Casteldoze
(appelée aussi Na Castellosa), la célèbre femme troubadour (XIIIème s.)*

www.lameridiennedumonderural.fr

SOMMAIRE

1 - Nouvelles ou textes d'intérêt historique

2 - *Prix des Jeux Floraux des Pyrénées et du Massif Central*

Au Moyen Âge

Dans les âges lointains, au cœur du Moyen Âge,
Un monde se dessinait, tel un vaste ouvrage.
Les chevaliers valeureux, par l'honneur guidés,
Brandissaient leurs épées pour des causes sacrées.

Les pieux pèlerins, en quête de lumière,
Traversaient les près et les chemins en prière.
Les paysans laborieux, même par mauvais temps
Semaient, avec courage, l'avenir dans les champs.

Les moines bien savants dans les cloîtres isolés,
Préservaient les savoirs d'un monde étoilé.
Leurs manuscrits précieux, aux enluminures d'or,
Gardent l'héritage d'un monde aux mille trésors.

Les troubadours chantaient légendes, amour courtois,
D'une époque révolue où l'honneur était roi.
Gravé dans nos mémoires, ce passé révolu,
Éclaire notre présent de son éclat perdu.

Les châteaux imposants, alors gardiens de paix,
Dressent leurs tours altières vers le ciel coloré.
Ainsi chaque pierre, chaque souffle d'histoire,
Raconte le Moyen Âge, son éclat, ses victoires.

NDLR

Préambule

La Méridienne du Monde Rural est une association, créée en 2000, qui a pour objet de promouvoir et d'organiser des activités culturelles, historiques, artistiques, et de mettre en valeur le monde rural. Elle organise des concours littéraires. Durant dix ans elle a également participé avec l'Institut du Comté de Foix à l'organisation du concours des Jeux Floraux des Pyrénées qui avait été initié par Arlette Homs. Par la suite, les deux associations ont décidé de regrouper les deux concours littéraires au sein du concours de La Méridienne du Monde Rural.

Le concours littéraire 2025 de La Méridienne du Monde Rural, dont le thème était « Au Moyen Âge… », comportait deux sections :
Section 1 : nouvelle ou texte d'intérêt historique dont l'histoire se passe en France (nombre de pages : 3 maximum)
Section *2* *« Prix des Jeux Floraux des Pyrénées et du Massif Central »* :
poésie libre ou classique sur le Moyen Âge (28 vers maximum).

Le thème de ce concours a inspiré de nombreux auteurs de France et de différents pays. Le Moyen Âge est une période fascinante et complexe de l'histoire de la France. L'Église catholique jouait un rôle central dans la vie des hommes. Les paysans formaient la base de la société féodale. Les seigneurs possédaient des terres et offraient leur protection aux paysans qui les cultivaient. Ceux-ci pouvaient se réfugier dans l'enceinte des châteaux lors d'attaques d'ennemis ou de brigands. Malgré la vie qui n'était alors pas facile, cette période est riche en créations artistiques et intellectuelles.

Certains textes, présentés à ce concours littéraire, étaient un peu plus longs que ce qui était prévu dans le règlement du concours ou ont légèrement dépassé l'époque mais ont été, exceptionnellement, acceptés par le jury compte-tenu de leur intérêt. Mais des textes ayant repris de longs passages sur internet n'ont pu être retenus pour être primés.

Les textes, sélectionnés par le jury du concours 2025 de La Méridienne du Monde Rural pour des prix, sont publiés dans le présent recueil. Dans leur diversité, ils plongent le lecteur dans la vie au Moyen Âge… ou dans des contes pour rêver.

Nous adressons nos félicitations à tous les lauréats du concours littéraire 2025 de La Méridienne du Monde Rural, et tous nos encouragements aux autres auteurs qui ont participé à ce concours.

Anne de Tyssandier d'Escous
Présidente de La Méridienne du Monde Rural

Palmarès
du Concours Littéraire 2025
de La Méridienne du Monde Rural

Les prix sont mentionnés en fonction de la présentation des textes dans le recueil. Dans le cas de prix ex aequo, les noms des lauréats sont indiqués par ordre alphabétique.

1 - Nouvelles ou textes d'intérêt historique

Prix des « Femmes de Lettres Médiévales » :
Mme Catherine Leiva-Lerbeil (40000 Mont-de-Marsan) pour « Le ciel de Christine »

Prix du Terroir Cathare :
M. Jean Luc Splitt (11140 Counozouls) pour « En 1239 à Sonosol, le village des sorcières »

Prix ex aequo « Histoire » :
-Mme Chantal Guilloteau (17000 La Rochelle) pour « Belles à ravir ! »
-M. Francis Marc (38130 Échirolles) pour « La Frileuse »

Prix "Inspiration" :
Mme Brigitte Libérale (40000 Mont-de-Marsan) pour « L'Épopée Glorieuse du Chevalier de Rieutort »

Prix du Fait Historique : Mme Aurore Suzanne (92110 Clichy) pour « La mort de Geoffroy Tête Noire au château de Ventadour »

Prix « Maître d'Armes Médieval » :
M. Jean-Hugues Chevy (94210 La Varenne St-Hilaire) pour « Le jugement de Sainct-Mor, divorce par combat »

Prix du Monologue :
C.D. Gaillard (39000 Lons-le-Saunier) pour « Écorché »

Prix de la Plume d'Argent :
Mme Marie-Pierre Soller (Prangins – Suisse) pour « Isabeau, Pierrick, et les autres »

Prix de la Rencontre :
M. Laurent Epry (95220 Herblay-sur-Seine) pour « Le Parfait et le forgeron »

Prix de la Plume Vermeille :
Mme Naima Guermah (Gouraya –Tipaza, Algérie) pour « Le Dernier Message de Jehan »

Prix du Conte Touristique :
Parthemise33 (33110 Le Bouscat) pour « Le lierre et le houx »

Prix de l'Enquête :
M. Dominique Chalaye (44600 Saint-Nazaire) pour « De Gueules et de Sable »

Prix « Conte et Inspiration » :
M. Bernard Marsigny (42130 Marcoux) pour « La princesse à la fenêtre »

Prix ex aequo des Légendes :
- Mme Magali François (83470 Saint-Maximin-la-Sainte-Baume) pour
« Baiser mortel »
- Mme Catherine Morin (78150 Le Chesnay Rocquencourt) pour
« Houuu ! La bête ! »

Prix Contes et Légendes du Moyen Âge :
M. Jean-Claude Rey (74000 Annecy) pour « La Fée du lac »

Prix de la Nouvelle Féline :
M. Philippe de Lacvivier (32480 Larroque-Engalin) pour « Chat perché
au Moyen Âge »

Prix de la Nouvelle Maritime :
Mme Nadège Solet (37250 Veigné) pour « Peste soit de cette
vermine ! »

Prix de l'Espoir :
M. Jean-Paul Lefebvre (Nil St Vincent, Belgique) pour « Le chemin
de la vie »

Prix Inspiration Etymologique :
M. Fernand Fallou (33270 Floirac) pour « Le Mont Tombe »

Prix de la Description Artistique :
Mme Isabelle Giraudot (29770 Plogoff) pour « La robe rouge »

Prix du Dialogue :
Mme Evelyne Biausser (06110 Le Canet) pour « Le dernier coup du
Père François »

Prix Retour vers le Passé :
Mme Micheline Boland (6001 Marcinelle, Belgique)

Prix du Mystère :
M. Paul Lautier (78600 Maisons-Laffitte) pour « La disparition »

Prix de l'Encrier d'Argent :
Mme Véronique Ayala (31200 Toulouse) pour « Dans le secret du scriptorium »

Prix de la Découverte :
Mme Laurette Ifergan (27440 Ecouis) pour « La prophétie de Théodeline »

Prix de la Fête Médiévale :
Mme Sylvette Bigeard (54200 Toul) pour « Jour de fête au château ! »

Prix Terroir d'Aquitaine :
Mme Corinne Toupillier-Conil (06800 Cagnes-sur-Mer) pour « Soir de fête à Ventadour »

2 - Prix des Jeux Floraux des Pyrénées et du Massif Central

Prix Ebles de Ventadour :
M. Ludovic Chaptal (48000 Mende) pour « Les troubadours »

Prix Bernard de Ventadour :
M. Laurent Orry (Montréal, Québec, Canada) pour « Au temps jadis »,

Prix de la Ballade :
M. Léon Galo d'Arsac (81600 Gaillac) pour « Ballade des poètes du temps jadis »

Prix Guillaume de Machaut :
M. Paul Moings (94120 Fontenay-sous-Bois) pour « Virelai de Belle-Cousine »

Prix des Rimes Croisées :
M. Jean-Marie Cros (81000 Castres) pour « La plainte du Faydit »

Prix du Poème d'Amour Dramatique :
Mme Louise Guersan (89200 Avallon) pour « Héloïse et Abélard »

Prix ex aequo de Poésie Courtoise :
- Mme Joëlle Caujolle (31270 Cugnaux) pour « Canso »
- M. Serge Lapisse (33600 Pessac) pour « La gente dame de mon cœur »

Prix du Poème Historique :
Mme Myriam Clowez (59300 Valenciennes) pour « La Guerre des Rois »

Prix de la Plume d'Azur :
Mme Auns Darouaz (60180 Nogent-sur-Oise) pour « Douce mélopée »

Prix de la Chanson Historique :
M. Laurent Bauchet (44260 Savenay) pour « Chanson »

Prix de l'Encrier Royal :
Mme Sandrine Husson-Charlet (74740 Sixt-Fer-à-Cheval) pour « Mon Roi » (*Agnès Sorel- Charles VII*)

Prix Poésie et Terroir :
M. Aliou Boubacar Modi (Niamey, Niger) pour « Retour sur la vie au Moyen Âge »

Prix de la Plume Poétique :
M. Daniel Leroy (76210 Raffetot) pour « Le ménestrel »

Prix des Vers hexamètres :
M. Guillaume François (59114 Terdeghem) pour « L'aura du vacher »

Prix de la Vie Quotidienne :
Mme Valérie Michel (94430 Chennevières-sur-Marne) pour « La vie du seigneur »

Prix « Passé et Légendes » :
M. Denis Ollier (06530 Le Tignet) pour « Mon nom est Durandal »

Prix du Conte Poétique :
M. Franck Denet (63320 Champeix) pour « Le marais désenchanté »

Prix Tradition :
Mme Anne-Lise Bretant (78120 Rambouillet) pour "Le rameau d'églantier"

Prix de la Mémoire :
M. Claude Dussert (71460 Saint-Marcelin-de-Cray) pour « L'attaque du château »

Prix de l'Aventure :
Mme Marie-Charlotte Servy (12850 Onet-le-Château) pour « Par-delà les remparts »

25 Diplômes d'Honneur ont été également décernés

Le ciel de Christine

par Catherine Leiva-Lerbeil

Octobre 1393

En cette fin d'après-midi, Christine pose sa plume. Son chien s'est endormi sur les plis de sa robe.

Elle se lève doucement et rejoint la cuisine du logis.

- Nicole, préparez le repas. Ma nièce sera rentrée bientôt.

En revenant vers son écritoire, Christine est songeuse.

Voici des années qu'elle est veuve de maître Etienne du Castel. Voici des années qu'elle vit avec ses trois enfants, sa mère et sa nièce à Paris. Etienne, le seigneur du Nord, son époux, ne reviendra plus. Il a trépassé en raison d'une épidémie en la ville de Beauvais. Il s'y était rendu avec le feu roi Charles dont il couvrait les déplacements. Depuis, le désarroi s'est installé dans la demeure familiale.

Au début, elle a pleuré longtemps dans sa chambre, n'en sortant, hagarde, que pour s'occuper de l'éducation de ses deux garçons et de sa fille. Elle croisait alors sa mère âgée qui marchait avec difficulté et sa nièce au regard inquiet.

Les soucis financiers sont arrivés avec leur cortège de procès qui la menaçaient. Qu'allaient-ils devenir? Devait-elle trouver un autre époux? C'était la décision la plus sage mais la plus ordinaire à ses yeux. Alors, elle a pensé qu'elle se trouverait un chemin différent. Après tout, n'avait-elle pas vu le jour sous le ciel de Venise ? N'était-elle pas capable de traverser encore bien des changements de fortune ?

Elle avait vécu les premières années de sa vie à proximité du royaume de France. Son père exerçait la médecine et l'astrologie dans le Sud de l'Europe. Puis, quand elle avait quatre ans, la famille de Pizan s'installa à la cour de France. Christine se rappelle que la lumière lui parut alors plus terne et que la langue était rude par rapport aux sonorités méridionales. Cependant, l'enfant aux cheveux châtains et aux yeux clairs s'habitua à sa nouvelle existence.

La voix de sa mère sort Christine de ses pensées :

- Ma fille, le repas est prêt et tout le monde vous attend. Vous ne devez plus voir grand-chose dans cette pièce !

- Oui, je vous rejoins de ce pas.

Les deux femmes regagnent la grande salle. Nicole a préparé une soupe et a réchauffé des châtaignes dans l'âtre.

- Mes enfants : avez-vous terminé vos lectures ?

- Mère, nous avons pris connaissance de tous les textes.

- Demain, je vous choisirai d'autres passages.

Depuis son veuvage, Christine consacre davantage de temps à la littérature. En plus de l'éducation de ses enfants, elle s'est mise à écrire. Il lui faut aussi conserver ses relations avec les grands du royaume. D'autant plus qu'elle est née femme et que vivre de sa plume est surtout une affaire d'hommes...

Après le repas, Christine questionne ses enfants au sujet des textes et la famille continue à échanger des propos auprès de la cheminée.

- La vente de certaines terres de mon époux m'a permis d'affronter nos difficultés financières. Mais j'ai également un autre projet.

- Celui de vous remarier, ma mère ?

- Non, celui de présenter à notre reine Isabeau un livre que j'ai écrit.

- Quelle idée, ma fille ! Pensez-vous qu'Isabeau, qui goûte peu à la langue de notre pays, va apprécier votre travail ?

- Isabeau est isolée comme moi. Je l'ai déjà rencontrée et les artistes la distraient.

- Beaucoup de personnes la critiquent, ma tante.
- J'en suis consciente mais je ne peux me passer de son appui.

Le feu réchauffe les visages mais ne dissipe pas toutes les inquiétudes. Quelques mois plus tard, en cette fin de matinée de février, il fait un froid à pierre fendre. La neige est tombée sur Paris et rend les déplacements difficiles. Christine a enfin obtenu une audience avec la reine Isabeau en début d'après-midi.
- Mère, je vais bientôt partir.
- Prenez garde en chemin. Les troubles récents rendent les rues peu sûres.
- Des amis m'ont procuré une escorte pour me conduire à l'hôtel St Paul. La France est bien mal en point. Les Anglais menacent le royaume. Et à cela, il faut ajouter la détresse d'un roi devenu fou. Charles a perdu la raison dans la forêt du Mans et a tué plusieurs de ses soldats. Depuis, ses oncles gouvernent ainsi que son épouse. Le peuple a pris Isabeau de Bavière en horreur et l'accuse d'être dépensière et infidèle.

Christine appréhende cette visite. Après avoir pris quelque nourriture, elle ajuste sa voilette et se couvre, l'escorte l'attendant devant sa demeure.
En chemin, elle croise un étrange cortège. Bien sûr, on lui en a parlé mais la réalité est bien plus saisissante encore. Ce sont des bœufs qui tirent un char avec le roi assis sur des coussins. Charles croit qu'il est fait de verre et craint d'être brisé. Ses crises de folie sont plus dévastatrices encore depuis le terrible bal des ardents. Le roi s'y était déguisé ainsi que des hommes de la cour avec de la poix. Le feu d'une chandelle embrasa accidentellement les corps des malheureux et seul le roi fut sauvé. Depuis, sa raison est encore plus altérée, et ce jour-là, en plein hiver, il apparaît à peine vêtu d'une tunique...
Les gardes du château sont aux aguets. On laisse passer Christine qui doit se rendre dans la chambre de la reine.

Isabeau la reçoit assise sur son lit. A ses côtés, les dames de compagnie toisent la nouvelle arrivée.

- Approchez, dame de Pizan. Quel est l'objet de votre visite ?

La reine s'exprime avec un fort accent. Elle est magnifiquement vêtue, cependant sa silhouette a pris de l'embonpoint en raison de ses nombreuses grossesses.

- Ma reine, l'écriture remplit à présent la solitude de mon veuvage. Je vous offre ce livre que j'ai intitulé « La cité des dames ». J'espère que mes mots distrairont votre noble cœur et réussiront à plaider la cause des femmes dont l'image est si souvent malmenée.

- C'est en effet une juste préoccupation. Je me demandais si, depuis que vous êtes esseulée, vous n'aviez pas songé à vous remarier.

- Il est vrai que j'ai des enfants à nourrir ainsi que ma mère et une nièce. Mais je préférerais écrire pour subvenir à leurs besoins.

-Combien d'enfants avez-vous ?

-Trois, ma reine.

- J'ai eu l'honneur d'en mettre onze au monde et, selon la volonté de Dieu, cinq d'entre eux sont encore parmi nous.

- Ils sont une grande chance pour notre royaume.

A ce moment, le regard fatigué d'Isabeau semble se perdre dans les tentures de la chambre. Il est vrai qu'elle vit dans un égarement sans fin qui ne peut être résolu. N'est-elle pas l'épouse d'un roi devenu fol ?

Puis, elle se reprend et regarde le livre. Elle en tourne les pages et se fait expliquer quelques chapitres par Christine. Une collation a été servie. La discussion continue jusqu'à ce que la pièce, réchauffée par le feu de cheminée, commence à s'assombrir.

- Je vous remercie pour cette conversation, dame de Pizan.

Christine quitte la chambre avec soulagement et inquiétude mêlés. Isabeau a-t-elle vraiment été sensible à sa visite ? Son livre va-t-il rencontrer quelques lecteurs ?

L'escorte la ramène en traversant les rues froides. Quand elle franchit enfin la porte de son domicile, il reste quelques paillettes de neige posées sur ses épaules...

Quelques semaines plus tard, Christine regarde le ciel à travers la croisée de sa fenêtre. Le pâle soleil d'avril annonce une période plus faste pour elle et sa maisonnée. Apparemment, contre toute attente, son livre circule à l'intérieur des murailles de l'hôtel St Paul. Dans ce château où tous sont aux abois, le roi perdant la raison, le style de Christine de Pizan a aiguisé la curiosité et suscité l'admiration.
Les Anglais menacent, le royaume se déchire mais son talent permet à ses lecteurs d'échapper aux affres de la réalité.
Il semble nécessaire alors à Christine de prolonger son œuvre : poésie, politique, philosophie, traité d'éducation...Il lui faudra rencontrer de nouveaux interlocuteurs puissants comme Louis d'Orléans et le duc de Berry.
La fortune semble à nouveau lui sourire et elle a l'impression de renouer avec la soif de connaissance qui caractérisait son père. L'enfant aux cheveux châtains et aux yeux clairs est devenue une femme de lettres.

« SEULETTE SUY ET SEULETTE VEUX ETRE »

Livre publié par La Méridienne du Monde Rural à la suite du concours 2022 des Jeux Floraux des Pyrénées qui avait pour thèmes :
- thème 1 : Le bonheur dans les Pyrénées en France et/ou en Andorre
- thème 2 : Corbeyran de Foix (1330-1402), seigneur de Rabat, Sénéchal de Foix, est reçu par Gaston Fébus (1331-1391) dans son château de Mazères.

***

En 1239 à Sonosol,
le village des sorcières

par Jean Luc Splitt

Longtemps après l'aube, le soleil jaillit de la crête. Ses rayons léchèrent les vestiges du vieux castel, dévalèrent la soulane, firent miroiter le granit des cabanes et des murets de pierre sèche qui quadrillaient les herbages. Ils gagnèrent le village, posé au ras d'un escarpement rocheux surplombant la rivière. Jusqu'alors, les bergers rassemblés devant la chapelle captaient seuls l'attention. Les familles enthousiastes les encourageaient gaiement, les enfants prêts à s'échapper.

Au pied de la tour, Bertrand de Sonosol, seigneur de céans et d'autres lieux, savourait l'instant. Tous les ans l'épisode se répétait, précisément le troisième jour avant les nones de juin. A l'apparition du soleil, un signal du seigneur libérait les bergers, les enfants à leurs trousses. La troupe franchissait l'enceinte, passait le barri puis grimpait droit jusqu'aux pâtures. Les plus prompts choisissaient pour la saison les meilleurs emplacements, la meilleure herbe, les meilleures cabanes.

La rivalité cessait aussitôt. A nouveau la solidarité faisait loi. Celle qui voyait au long de l'année les habitants s'entraider sans réserve, s'occuper des bêtes et des gens, bâtir et consolider les maisons, à tour de rôle entretenir les sentiers, monter de concert, sans en privilégier aucune, les cabanes d'estive qu'ils couvraient des mêmes branchages et des mêmes touffes végétales, transporter et aligner ensemble les pierres des murets qui dirigeaient les moutons et les brebis vers leurs enclos de tonte et de traite.

Bertrand allait faire sonner la trompe lorsque la rumeur l'alerta. Une troupe approchait. Il blêmit. Perché sur une mule, escorté par des moines-soldats, c'était Frère Ferrer, l'inquisiteur pontifical. Sans égard pour l'équipage, qu'il fit mine de ne pas avoir remarqué, Bertrand lança la course. Au passage des bergers et de leur cortège, les Templiers tinrent fermement leurs montures, quand l'inquisiteur vacilla, manquant de s'étaler.

Ferrer étreignit Sonosol. Une accolade furtive et trop nerveuse pour qu'elle fût sincère, le village ne manqua pas de l'observer. Sans inclination particulière pour les cathares, Bertrand abhorrait par-dessus tout les persécutions des catholiques, et masquait mal son aversion. L'inquisiteur, nommé quatre ans auparavant par Grégoire auprès de l'archevêque de Narbonne, avait tant indigné par l'iniquité de ses enquêtes, par la cruauté de ses sentences, qu'il avait provoqué nombre d'émeutes dans tout le Languedoc. Contraint de fuir, il s'était réfugié dans sa Catalogne natale et s'était fait oublier de longs mois à Elne, où Bertrand le croyait terré. Ils avaient eu maille à partir à cause des *bons-hommes* et des *bonnes-femmes* que Bertrand cachait dans l'un ou l'autre de ses fiefs, sur leur chemin vers Puilaurens. Le Bénédictin en avait eu vent, mais l'habileté du seigneur et la sûreté de ses alliances l'avaient toujours tiré d'affaire. Ferrer avait juré de se venger.

Comme Bertrand s'abouchait avec les Templiers, dont il le savait proche, l'inquisiteur s'interposa : « Il m'a été rapporté qu'en ce lieu des personnes maléfiques se recommandent du démon, annonça-t-il, je suis ici pour les confondre. » Bertrand s'offusqua : « Tu es ici sur mes terres et tu n'y as aucun droit, en abandonnant ta charge tu as perdu ton titre. » Ferrer ricana : « Détrompe-toi noble sire, sa sainteté m'a rétabli, comment crois-tu que les Miliciens du Temple m'accompagnent. » Bertrand changea de ton : « Tu perds ton temps, révérend frère, il n'y a que de bons chrétiens et de pauvres gens en ce lieu. Il fit un geste vers la colline baignée de soleil que les bergers finissaient de gravir. Regarde, aujourd'hui est jour de fête, nous célébrons l'estive. »

L'inquisiteur haussa le ton : « Ma tâche ne souffre d'aucun répit et dépasse la Croisade, ce village use de sorcellerie, j'en tiens pour preuve la dénonciation de trois femmes qui pratiquent la magie. »

Ferrer déroula un parchemin. Il gonfla ses poumons : « Jeanne, de la Caune Moure, tu es suspectée d'exercer des secrets, d'usurper la gloire de Dieu en prétendant soigner les hommes et les animaux, soumets-toi à la justice divine. » L'inquisiteur regarda tour à tour les groupes de villageois abasourdis, longuement, sans que nulle n'en sorte. Il s'adressa aux Templiers, restés à l'écart : « Cherchez et amenez-moi cette femme. » Bertrand arrêta d'un geste les moines-soldats. « Révérend, la Jeanne n'est pas maléfique, c'est une vieille femme, illuminée sans doute mais aimée, elle ne fait de mal à personne ; qu'elle connaisse les plantes n'en fait pas une sorcière. » « Laisse-moi en juger » coupa Ferrer. Bertrand poursuivit : « Retiens tes chevaliers, elle ne vit pas au village, il est inutile de l'y chercher. » « Alors que quelqu'un aille la quérir » s'agaça l'inquisiteur. « Ne donne cette peine à quiconque, l'abbé, fit une voix chevrotante tandis que s'ouvrait la foule. Fais ce pourquoi tu es là. »

Un Templier emmena Jeanne sur le parvis de la chapelle, intimant l'ordre à Bertrand de ne rien tenter. Ferrer fut pris d'une quinte de toux. Il s'accorda le temps d'une inspiration et annonça Raymonde, veuve de Cannabi. A ce nom quelques-uns firent un pas de côté, sans vouloir nuire, par réflexe, de sorte qu'une petite femme au dos tordu se retrouva suffisamment isolée pour que Ferrer la repère. « Raymonde, je t'accuse de pratiquer la divination, d'invoquer le malin pour tromper tes semblables et d'en obtenir des profits, soumets-toi à la justice divine. » Deux moines-soldats la saisirent et la portèrent, plus qu'elle ne marcha, jusqu'à la chapelle. Bertrand sortit de ses gonds. « Vois qui tu accuses, Ferrer, une folle qui vit dans une grotte, il montra un pan de rochers près de la crête, et une ancêtre au corps usé qui aime à raconter des histoires. Si c'est ma personne qui t'importe, réglons nos affaires une fois pour toutes, mais laisse ces gens en paix. »

Ferrer ignora la tirade. Quand il annonça avec hargne Isabeau, fille de Cantié, une jeune femme réagit promptement. Elle joua des coudes et parvint à s'enfuir par la petite porte qui ouvre sur l'escarpement rocheux. Là, une main vigoureuse la stoppa dans son élan. Un Templier opportunément placé la ramena, malgré ses contorsions. Le visage rougi, déformé par la haine, les yeux injectés de sang, Ferrer recommença. « Isabeau, fille de Cantié, je te soupçonne d'entrer en relation avec les morts, au nom du Diable, et d'en tenir ta subsistance, soumets-toi à la justice divine. » Les trois femmes se serrèrent, sous les regards des villageois désemparés. Une colère froide animait Bertrand. Il s'avança. « Ferrer, ce sont deux aïeules qui ne dérangent personne, et la troisième n'est qu'une enfant, elles appartiennent au village, ici personne ne les accuse, que veux-tu prouver ? » L'inquisiteur désigna la jeunette. « Moines, dénudez-lui l'épaule, Satan marque ses servantes. »

« Il n'y a rien, révérend frère » s'écrièrent les moines-soldats. « Alors qu'on la tonde, éructa Ferrer, le diable est sournois, il sait cacher sa marque sous la chevelure. » L'inquisiteur, hors de lui, vociférait et gesticulait tant, que les Templiers surpris relâchèrent leur étreinte. Isabeau en profita pour s'échapper à nouveau, mais les Templiers la ramenèrent encore. Elle retrouvait le giron de ses aînées quand l'inquisiteur la montra du doigt, prenant le village à témoin. « Sa fuite est un aveu, paysans, ces sorcières doivent expier par le feu. » Il demanda qu'on amasse des fagots de branches sèches, en nombre suffisant. Des moines-soldats empoignèrent quelques hommes, qu'ils amenèrent sans ménagement jusqu'à leurs couverts. Les autres villageois grondèrent. Bertrand explosa. Il saisit Ferrer au col, le souleva de terre et le secoua jusqu'à ce que le Bénédictin demande grâce, puis l'envoya rouler dans la poussière, obligeant deux Templiers à s'interposer.

Rageur, Ferrer époussetait sa soutane lorsque le silence l'arrêta. Les oiseaux s'étaient déjà tus, mais personne n'y avait porté attention. Le soleil approchait du zénith. Plissant les yeux, l'inquisiteur entrevit comme les autres l'astre solaire se franger de sombre, décroître lentement jusqu'à former un mince croissant, puis disparaître, nimbé d'un anneau de feu. D'abord décontenancé, il reprit de sa superbe, glorifiant avec emphase l'auréole de lumière qu'il déclara divine. Il pointa l'index vers le disque éteint, entreprise manifeste du malin, répétant « *ad nauseam* la maxime *ex opere diaboli sol obscuratus fuit*, par l'oeuvre du diable le soleil s'est obscurci. » Dans l'ombre cendrée qui recouvrait les montagnes, tapissait l'estive où les pâtres s'étaient figés, teintait le torchis des maisons et la pierre du donjon, personne ne faisait cas de sa silhouette exaltée. Les yeux faits à l'obscurité distinguaient les plus vives étoiles.

Lentement le phénomène s'inversa. A nouveau il ne fut plus possible de fixer le soleil. Lorsqu'il retrouva son éclat, chacun reprit possession de soi et se tourna vers le parvis. L'inquisiteur s'y tenait à genoux, les mains serrées. Des Templiers se précipitèrent, mais Ferrer avait maintenant chancelé, puis roulé sur le côté dans un cri de douleur. Les villageois avancèrent d'un pas. L'inquisiteur ne bougeait plus. Les Templiers s'employèrent à le redresser, en vain. Bertrand les écarta et se pencha sur le corps. Il approcha sa tête de la poitrine du religieux, formulant à voix haute son constat. « Le frère n'est pas mort, il a perdu connaissance, son cœur semble pris de folie, il s'emballe, puis diminue, s'arrête, puis s'emballe encore ».

Bertrand se releva, impuissant et sans doute peu enclin à ranimer son ennemi. Depuis l'éclipse, les moines-soldats s'étaient désintéressés des captives, mais aucune n'en avait profité. Libre de tout mouvement, Jeanne s'approcha de l'inquisiteur.

Elle l'allongea sur le dos, écouta ses battements comme Bertrand l'avait fait, puis, se redressant, le visage exalté, elle leva très haut ses deux poings serrés et d'une force inattendue percuta violemment la poitrine de l'inconscient. Le choc fit se redresser Ferrer, qui, hébété, se retrouva assis au milieu de la foule, sans rien comprendre. Le

Bénédictin, la tête en arrière, aspira mécaniquement une interminable bouffée d'air, avant de cracher entre ses jambes un volumineux flot de sang qui impressionna les villageois. Il toussa longuement puis parvint à respirer. Il fit signe aux moines-soldats d'approcher, donnant l'impression qu'il avait recouvré ses esprits. Les Templiers le relevèrent, mais l'inquisiteur ne tenait pas debout. Titubant comiquement, il perdit à nouveau connaissance. Là, les Templiers le sanglèrent sur le dos d'une mule, en travers, tel un sac de farine, et levèrent le camp en saluant le seigneur.

L'équipage disparu, un villageois, puis un autre, éclatèrent d'un rire qui se propagea comme feu de fougères à la fin de l'été. Les familles se tournèrent vers la soulane, où les bergers avaient pris leurs quartiers. Sonosol retrouvait sa sérénité. Bertrand tenta d'interroger Jeanne, qui prenait le chemin de la grotte. « Pourquoi l'as-tu sauvé ? » demanda-t-il, sans que la vieille ne réponde. Elle disparut dans un bosquet de prunelliers. Il vit s'approcher Raymonde. « Le cruel inquisiteur n'est plus, dit-elle. Un nouveau Ferrer va reprendre sa charge, bienveillant cette fois. C'est pourquoi il doit continuer d'exister. » Bertrand regarda la devineresse s'éloigner. Vint Isabeau. « Je sais ce qu'il est advenu du soleil souffla-t-elle, la lune seule en est la cause, lorsqu'elle croise sa course et le recouvre tout entier. Dieu l'a voulu et Frère Ferrer a tenté d'en abuser, mais il n'y a rien de diabolique dans tout cela, c'est une âme qui me l'a enseigné. » Elle disparut à son tour. L'estive pouvait commencer.

Belles à ravir !

par Chantal Guilloteau

À la disparition de son père Simon de Montfort, la jeune Bertrade est confiée à son oncle Guillaume d'Évreux, vassal du duc de Normandie qui devient son tuteur, et que sa tante Helvise, inconsolable de la mort de son fils unique, élève tendrement.
Déjà, la perte de sa mère quatre ans plus tôt, fut la première épreuve difficile à surmonter pour l'enfant qu'elle était encore.
Cependant, les premiers signes d'un caractère affirmé qui apparaissent dès son jeune âge, augurent de sa forte personnalité en devenir, se moquant même de la noble bienséance, quitte à offenser l'entourage par son espièglerie !
De plus en plus belle, Bertrade ne laisse personne indifférent ! Seigneurs et ménestrels sont sensibles à ses magnifiques yeux sombres, sa chevelure soyeuse et les traits parfaits de son visage qui rappellent ceux d'Agnès, sa mère !

Au fil des saisons, les hauteurs du château offrent une vue imprenable sur la plaine de Montfort l'Amaury, un spectacle chaque jour renouvelé que Bertrade ne manque jamais de contempler. Quand les rayons du soleil réveillent la nature endormie et réchauffent les cœurs, c'est tout un monde chamarré de danses, jongleurs, troubadours, conteurs, qui anime ses jours avant que n'apparaissent des tourbillons de fumée, râpés par les vents glacés d'hiver qui trahissent la présence des hommes.
Elle affectionne particulièrement les douces soirées devant l'âtre rougeoyant de braises incandescentes et le jaillissement d'étincelles quand une bûche éclate à ses pieds, en une gerbe ardente et joyeuse !
Un moment hors du temps quand son oncle Raoul de Tosny est présent.

Au gré de ses envies, il recueille des fabliaux puis compose de nouveaux contes en les confondant joliment entre eux, donnant ainsi pléthore d'histoires à savourer au coin du feu !

Il en est une particulièrement délicieuse que Bertrade lui demande inlassablement de raconter : l'enlèvement romanesque de sa mère, belle à ravir, qui permit le mariage de ses parents. Elle est admirative du courage de cet oncle qui n'hésite pas, une nuit, à se mettre en danger pour forcer le destin et les portes du château de son grand-père Richard, comte d'Évreux. Obstinément, ce dernier refusait à Simon la main douce et blanche de sa fille Agnès, pourtant si désireux et impatient de sceller l'union et passer l'anneau d'or au doigt de celle qu'il aimait !

Elle rêve souvent qu'un roi à l'âme chevaleresque, beau comme un dieu nordique et doté d'un charme fou venu du fonds des steppes, vienne la ravir pour la déposer sur un lit improvisé au bord d'une rivière, dans une alcôve de soie sous la lune au goût de miel... Puis, la coiffer de la couronne royale au prix de durs combats. Prémonition d'une réalité annoncée...

Une nuit, elle se réveille en sursaut d'un cauchemar peuplé de monstres qui interfèrent avec cette idylle. Un voile noir, annonciateur de malheurs recouvre son ciel de lit quand apparaît Foulques le Réchin et les malédictions à venir. Bertrade n'a pas le temps d'attendre le preux chevalier…

Un jour, elle sort sa plus belle plume pour écrire une lettre …
Mon bon roi
Ma vie auprès d'un époux à la vilenie sans égale, est un chemin de croix que je ne peux plus taire tant les douleurs infligées me sont intolérables.
Je prie Votre Majesté de me libérer de mes chaînes avant que la mort se charge de faire la funeste besogne.
Les festivités de la Pentecôte à venir, serviront à dessein un départ vers

Lorsque le roi Philippe 1er reçoit le parchemin enrubanné de dentelle
ajourée de sens caché, il se laisse griser par les mystères contenus avant
de découvrir l'objet de la requête.
Répondant promptement à la voix suppliante, le roi viendra à son
secours pour enlever Bertrade de Montfort et écrire avec elle des pages
ponctuées de drames et de révoltes, mais l'amour porté en armure
triompha de toutes les batailles.

Jeux Floraux
des Pyrénées

Anthologie 2016

LA MERIDIENNE DU MONDE RURAL

www.lameridiennedumonderural.fr

La Frileuse
par Francis Marc

Remontons ensemble le temps, jusqu'au *Moyen Âge*.
Arrêtons-nous en l'an de grâce 1300, sous le règne de Philippe le Bel, et jetons un œil sur un petit coin perdu dans ce qui s'appellera la Beauce, habitée depuis belle lurette comme en témoignent des dolmens.

Dans la vaste plaine ventée, des tronçons d'une ancienne voie romaine marquent toujours la liaison quasi rectiligne entre les évêchés de Chartres et d'Orléans.
Cette voie millénaire, désormais devenue un des chemins de Compostelle, est parcourue à la belle saison par des pèlerins venus de la capitale, ou parfois même du Mont Saint-Michel.
À mi-chemin de cette voie, ils traversent une paisible petite rivière, la Conie, sur un très vieux pont de bois.
À une lieue de là, entre champs cultivés et forêt, ils passent par « La Frileuse ».

Ce hameau commence par des chaumiers, granges aux toits d'ardoises, hangars et appentis divers, précédant une douzaine de chaumières. En façade poussent romarin, lavande et herbe rouge, pour repousser les puces et les moustiques. Pour les poux il n'y a hélas pas de remède.
Plus loin l'imposante ferme est celle des maîtres, avec de chaque côté de sa cour le puits et le four à bois, symboles d'aisance.

L'aboiement des chiens tirant sur leur attache prévient de l'arrivée d'étrangers. À leur passage les poules en liberté se dispersent, mais le jars charge et pince des mollets

Ils dépensent quelques billons à la taverne récemment bâtie au bout du hameau, pour se restaurer (pain, écuelle de soupe, au mieux part de tourte aux légumes) et remplir d'eau fraîche leur calebasse. Ça ne représenterait qu'un faible revenu financier s'il n'y avait pas la vente des pichets de vin, d'hypocras et d'hydromel.
Parfois ils restent aussi pour passer la nuit au chaud sur une paillasse du dortoir improvisé jouxtant l'étable.

Les maîtres des lieux depuis quelques années sont Paulin Moulard et son épouse Bertille (née Bigot).
C'est un mariage arrangé, l'alliance de deux grosses familles, lui était fils aîné, elle fille unique.
Les Moulard sont des gros cultivateurs traditionnels, producteurs de céréales, avec quelques vaches, moutons et cochons, lapins et volailles. Les Bigot possèdent des bois dont ils font commerce. Le beau temps persistant depuis des décennies, ils avaient eu la bonne idée de cultiver la vigne sur leurs rares pentes déboisées. Les sarments ramenés du bord de Loire permettaient depuis de produire un vin fort apprécié.

Ils avaient la chance, rare à l'époque, de ne pas être des vilains : les terres qu'ils possédaient dans ce même secteur, des alleus, étaient sans dépendance à un quelconque seigneur.

En pratique Paulin gère la ferme et l'élevage, Bertille l'auberge et la viticulture. Pour maximiser leurs importants revenus ils font feu de tout bois, emploient beaucoup de personnes. Le hameau abrite enfants, frères, sœurs, cousins, plus quelques valets de ferme et des saisonniers. Chacun est spécialisé dans une activité, mais polyvalent suivant les besoins et saisons.
Les activités ancestrales de chasse et de cueillette sont fructueuses.
Les lièvres attirés par une carotte tombent dans un trou masqué ; les lapins fuyant le furet sont pris dans des bourses en sortie de leurs trous; les tenderies en crin de cheval étranglent grives et merles ; la pierre

plate des tendelles assomme sur les perdrix trop friandes des grains de blé; les enfants dénichent les pigeonneaux ramiers avant leur premier envol, ramassent les escargots après la pluie ; si d'occasion un cervidé s'approche de trop près du potager un arc en if est toujours disponible pour l'abattre.

La Conie est une autre source inépuisable. Le filet à mailles en fil de lin tressé est régulièrement tendu d'une rive à l'autre, collectant une variété de poissons. Un peu de mou d'agneau dans des nasses en osier immergées permet la capture des délicieuses écrevisses.

La cueillette mobilise femmes et enfants, panier au bras. L'expérience acquise pendant les anciennes périodes de disette n'est pas perdue. On cueille les herbes comestibles ou médicinales : cresson, ail des ours, grande berce, ortie, lamier blanc, pâquerettes, oseille, pariétaire, pissenlit, plantain, etc…
Les coins à girolles, cèpes et morilles sont connus, on ramasse baies de sureau ou d'églantier, bourgeons de sapin, prunelles, fraises des bois, noisettes…

Tout ce qui est ainsi chassé, braconné ou cueilli est en priorité vendu.
Les auberges pour clients aisés ou nobles, de Voves et Orgères, s'approvisionnent régulièrement au hameau en gibiers et poissons frais.
Le troc est pratiqué, avec le moulin à vent de Sancheville, le bourrelier de Fontenay, le maréchal-ferrant et le maçon de Fains, le marchand de Voves pour épices et levure.

Les deniers d'argent laborieusement gagnés ont servi aux achats de matériaux pour les constructions successives de bâtiments, du puits et du four pour se libérer des services publics payants. Puis vinrent les besoins de coûteux équipements et outillages plus modernes, comme araires pour remplacer les houes, faux au lieu de faucilles, scies, fendoirs, masses, cognées, futailles de chêne cerclées de bois de noisetier, colliers d'épaules pour les chevaux de trait…

***

Cette année-là, après des décennies d'opulence, les grands froids revinrent, persistèrent. L'appellation La Frileuse par les lointains aïeux avait donc du sens. Les vignes gelèrent, les loups réapparurent, décimant les troupeaux.

Paulin avait 60 ans quand commença une guerre sans fin, ses deux fils n'en revinrent jamais.

Bertille fut emportée, avec beaucoup d'autres, par la peste noire dix ans plus tard, probablement transmise par les rares pèlerins qui passaient encore.

Des pillards, anglais ou français, qu'importe, violèrent et tuèrent les survivants, puis incendièrent le hameau.

Les prières de l'époque *« De la peste, de la guerre et de la famine, délivre-nous Seigneur »* n'avaient pas été entendues à la Frileuse.

L'Épopée Glorieuse
du Chevalier de Rieutort

par Brigitte Libérale

Dans le sous-bois broussailleux, une ombre insolite avance sur le sentier glissant. Depuis longtemps déjà, la marche s'avère périlleuse pour cet épouvantail effrayé de lui-même. Seul, l'écho de son pas, de plus en plus assourdi, le maintient en vie.

Ce preux chevalier, sans peur, n'a peut-être pas perdu son âme mais son armure et son cheval. Il a croisé la guerre, échappé à la peste décimant les campagnes. Que lui reste-t-il désormais ? Un mauvais bâton et son courage intact et à toute épreuve.

Un profond soupir se fait entendre quand notre hobereau débouche sur une lande déserte à perte de vue. Le danger est-il moindre ?

Eudes de Rieutort aperçoit, à l'horizon, des masures en torchis groupées près de deux ou trois arbres imposants. Est-ce, céans, une dépendance en avant d'un manoir ?

Il en parcourt la distance en lasses enjambées. Avec espoir de trouver là quelque pitance et du repos, récupération salutaire pour continuer son périple vers le fief de son père.

Les toits de chaume se rapprochent sans qu'il ne distingue aucun guetteur tapi alentour prêt à donner l'alerte. L'endroit isolé est, en apparence, paisible. Sans occupant dans l'instant, il donne à voir certaines traces de vie récentes. Serfs ou autres paysans sont-ils aux travaux des champs ?

Ce qu'il pense être des ormes stoppe son avancée. L'ombre fraîche de leurs frondaisons, fournies, lui fait du bien. Tout à coup, la quiétude du lieu est troublée par l'aboiement d'un chien. À quelques pas de là, de derrière les taillis dont les baraques du fond sont flanquées, sort de la volaille aux caquètements perçants qui, affolée, court dans tous les sens. Surgit, au même instant, un surprenant comité d'accueil, hirsute et faisant corps face à l'étranger.

Épuisé, Eudes se laisse choir sur le sol, abandonnant son destin entre leurs mains. La crasse et la puanteur, au-delà de sa maigreur et de ses hardes loqueteuses, le rendent répugnant. Il est sûr que ces hommes vont être effrayés par son aspect ou croire à de potentielles maladies.

Spontanément, il se met en prière. C'est alors que les individus, saisis de pitié, se joignent à lui. Par la violence des temps qui courent, la chance du jeune homme est incroyable et il en remercie Dieu aussitôt. En y réfléchissant, tout cela relève du banal en cette période où la religion régit la vie. En revanche, l'esprit de bienveillance et de sincérité qui emplit l'atmosphère l'est beaucoup moins. Il s'en étonne mais n'en dit mot.

Dès lors, ces gens partagent leur frugale nourriture avec lui et l'autorisent à se mettre à l'abri pour la nuit dans l'appentis qui abrite le bétail famélique et ce, aussi longtemps qu'il le voudra. Ainsi, au fil des heures et des jours, il reprend force et assurance.

Ici, l'existence est laborieuse. Mais ces gens – il ne peut s'empêcher de les nommer ainsi - sont différents. L'humilité qui les caractérise et leur pauvreté choisie sont presque dérangeantes. Sans parler de leurs allures rayonnantes et leurs chants joyeux, bien loin des litanies ennuyeuses que l'on peut entendre dans les cathédrales et autres lieux de culte. Quel mystère !…

La religion, en usage partout, conditionne la vie de l'époque. Mais il faut dire que l'Église, dans un désordre général, est livrée à la corruption financière, aux abus malsains de débauche et de superstition ou, au contraire, est d'une austérité implacable, pénitence excessive, spiritualité arbitraire et tyrannique. Eudes se demande souvent où est passé le message initial de l'Évangile. Et que dire du pouvoir tout-puissant ou dévoyé de certains "hauts placés". Bon, d'un naturel optimiste, notre temporaire va-nu-pieds est persuadé que la foi, forte et bien installée dans les régions qu'il traverse, vaincra ces travers démoniaques.

Il revient à l'instant présent et ne sait que penser du petit monde qui l'entoure. Quelle attitude avoir ? Au fond de lui, il se méfie. Pourtant...

Comme tous les soirs, les frères et sœurs – c'est ainsi qu'ils s'appellent entre eux -, empruntent un chemin creux qui conduit à une clairière rustique. Ainsi se réunissent-ils pour louer leur Dieu, le Dieu des Chrétiens.

Dès le début, ils l'ont invité à les suivre.

 - Voilà notre chapelle, ont-ils déclaré, les yeux émerveillés en regardant autour d'eux comme s'ils la découvraient pour la première fois. C'est notre lieu de prière, béni-soit-il.

Eudes les juge rêveurs voire naïfs et il n'est pas loin de les qualifier d'illuminés. Toutefois, eu égard à leur hospitalité, il se tait.

Sur sa propre histoire, on ne lui a rien demandé et lui n'en a rien dit. Mais, de plus en plus souvent, il se prend à rêver à Dame Mathilde. Un mariage, arrangé depuis son enfance, aura lieu dès son retour. Et il aura une descendance de valeureux garçons pour continuer la lignée de ses pères. Hélas, à chaque fois, le submerge un désespoir dévastateur quand il pense à la situation catastrophique dans laquelle il se trouve. Combattant dans l'âme, il réagit très vite et oui, il va s'en sortir d'une façon ou d'une autre.

Un soir, arrivent deux traîne-misère. Paraissant débarquer d'un autre monde et vêtus de piteuses tuniques en jute et d'une corde pour ceinture, mais, eux aussi, joyeux, immensément joyeux. Ils expliquent avec un fort accent qu'ils suivent le Christ, en communion avec un certain Frère François, d'Assise en Italie et déjà auréolé de sainteté. Eux, à son exemple - même s'ils ne l'ont jamais rencontré -

arpentent le pays et prêchent l'amour de Dieu en suivant le Christ dans une fraternité évangélique.

Les habitants du petit hameau où a posé pieds notre nobliau se sont présentés comme des vilains travaillant pour la Seigneurie de Murvièlh. Mais ils vivent en communauté. Enflammés littéralement par les dires de ces pauvres hères, ils constatent que leur mode de vie correspond à ce que prône ce « Frère François » et s'imaginent touchés par la grâce. Eudes, peu réceptif à ces transports religieux, décide de reprendre la route. Un peu honteux mais le cachant, il fait croire à ces âmes simples qu'il part, à l'instar de tous ces frères, proclamer la Bonne Nouvelle. Le groupe veut lui adjoindre un compagnon – la règle de cet ordre religieux catholique étant de toujours missionner deux hommes pour propager la Parole de Jésus-Christ - mais il refuse poliment.

Il réemprunte les chemins boueux aux ornières redoutables, les sentes pierreuses et poussiéreuses. Il franchit des escarpements dangereux, passe par des bourgades à la populace bruyante, affairée, parfois festive et des contrées silencieuses, dévastées par des affrontements de toutes sortes, la disette, des épidémies. Sous le soleil, le vent ou la pluie.

Il repense fréquemment à ces frères charitables qu'il a croisés. Et, dans ses rêves, s'immiscent des visions merveilleuses qu'il chasse hâtivement, se disant qu'en fin de compte tout n'est qu'illusion dans ce monde effroyable. Son moral est au plus bas et chaque pas est une épreuve.

La voie où il se meut est très fréquentée. Les charrettes, lourdement chargées, côtoient piétons et bestiaux. Un flot disparate se déplace pour travailler dans les champs ou pour faire du négoce et cela peut s'avérer compliqué. Chacun apostrophe les autres pour un oui, pour un non. N'importe quel incident implique inévitablement hommes et animaux, provoque une confusion braillarde et un fracas tonitruant qui peut virer au drame. Et c'est ainsi qu'il a maille à partir avec quelques manants agités, heureusement sans grave conséquence bien que lui valant, par exemple, une fois un visage tuméfié et, une autre fois, le vol de son bâton.

On lui a indiqué le bourg fortifié de Labosque, assez proche. La nuit ne va pas tarder à tomber. Eudes accélère le pas, pressé de s'y rendre.
Quand il se présente à l'une des portes de l'enceinte fortifiée, devant son attitude noble et malgré une explication des plus extravagantes au sujet de sa venue ici, les sentinelles le laissent entrer.
Là, pareillement, grouille une foule bigarrée qui déborde de vie. Les maisons offrent de belles façades décorées. Maintes échoppes s'alignent pour le chaland. On peut voir et entendre des artisans devant leurs ateliers qui, tels des artistes, manipulent leurs outils, s'interpellent ou poussent la chansonnette. Et l'on peut rencontrer, à l'occasion, troubadours et acteurs de théâtre de rue s'adonnant à leur art face à un public peu ou prou clairsemé mais jamais indifférent. Le spectacle de Labosque est sonore et permanent.

Se donnant l'image d'un laïc très impliqué dans l'Église, il va dans les ruelles aux relents indéfinissables et se rend directement chez le curé de l'endroit. Après l'office du soir - notre chevalier a accentué le côté dévot de son personnage - le vicaire, affable et bon vivant, le convie à sa table où ils ripaillent sans vergogne. Et nos deux compères conversent à bâtons rompus sur les croisades et "guerres de religion" plus régionales mais tout aussi meurtrières. De fil en aiguille, sans réserve, l'hôte du lieu lui montre fièrement les trésors de l'église où il officie. Le jeune homme voit un nombre restreint d'œuvres d'art mais, pour certaines, de valeur et aussi, un bout de bois dans une minuscule châsse abandonnée au fond d'un placard. L'autre, bavard, lui explique qu'elle viendrait d'une des " Grandes Croisades en Terre Sainte" dont ils viennent de parler, sans préciser laquelle. "Élément" de la Croix du Christ qu'il envisage d'exposer sur un autel de l'église.

Le commerce des reliques est fréquent à l'époque. Qui se soucie de l'authenticité des objets et de la véracité des faits auxquels ils sont reliés ? Personne ou presque !... Le peuple est en demande et beaucoup s'enrichissent grâce à ce trafic.

Le repas achevé et une dernière louange à Dieu pour la journée écoulée, c'est le gîte qui lui est offert. Une chambre étroite jouxtant la sacristie. Toute la nuit, ses pensées s'entrechoquent. Les trésors sont tout près, il est chrétien, il a tout perdu. Son retour au château, dans ces conditions, est impossible...
Alors, lui vient une idée. Lors de sa visite à l'abbé, il a repéré que, dans la cure, rien n'est fermé à clé si ce n'est la lourde porte d'entrée. Pourquoi ne pas dérober la relique ? De taille modeste, elle est facilement dissimulable.
Le larcin est commis sans difficulté. Il glisse son butin sous ses hardes et c'est tôt le matin qu'il explique au maître de maison devoir regagner, sur-le-champ, son domaine de Rieutort suite à une vision nocturne.
- Je la vois tel un signe divin. C'est la réponse de Notre Seigneur Jésus-Christ à nos prières d'hier soir, loué soit-il.
L'ecclésiastique, ébloui par ce quasi miracle qu'il ne peut mettre en doute, le reconduit en personne aux portes de la cité et lui souhaite bonne route.

Peu importe l'origine de ce soi-disant morceau de croix, grâce à ce "saint forfait" - il n'en sera jamais inquiété -, le paladin arrive en valeureux chevalier quand il retrouve les siens, un peu plus tard. Notre brave est idolâtré par toutes les âmes de la région. Oubliées les barbaries subies ou commises. Il se conduit, maintenant, de façon exemplaire et est un modèle de résilience, droiture et générosité.
Notre pseudo-héros déclare sa flamme à Dame Mathilde, sa promise, qui a, prétend-elle, mené une vie monacale durant son absence. Eudes, loin d'être dupe, ignore le regard torve de son vassal. Nonobstant et

selon la formule consacrée, il se marie avec la belle et a de nombreux enfants, - mâles pour la plupart.

Le temps passe. Un des religieux du monastère tout proche – le monastère de la Sainte-Croix, cela ne s'invente pas - se charge, contre espèces sonnantes et trébuchantes, de rédiger son "Épopée Glorieuse" avec un art consommé et pléthore d'enluminures, de lettrines et de miniatures.

Personne, à ce jour, ne sait où se trouve la fameuse relique. Certes, les voies du Seigneur sont impénétrables mais il est raisonnablement admis que, sans valeur certifiée et sans intérêt lucratif, elle a bel et bien disparu !

En revanche, l'ouvrage relatant « l'Épopée Glorieuse du Chevalier de Rieutort » vieilli et très endommagé, peut être encore vu dans le modeste musée du village éponyme du Château de notre Chevalier aujourd'hui en ruines.

Installé dans une discrète vitrine d'une pièce exiguë et sombre du rez-de-chaussée, il reste la fierté des habitants de Rieutort. Encore un drôle de miracle !!!

RECUEIL

JEUX FLORAUX DES PYRENEES

Anthologie 2019

LA MERIDIENNE DU MONDE RURAL

La mort de Geoffroy Tête Noire
au château de Ventadour [1]

par Aurore Suzanne

1388. Geoffroy Tête-Noire et sa troupe de mercenaires sévissaient depuis plusieurs années déjà sur le Comté de Ventadour et au-delà. Des années qu'ils s'étaient nichés dans une forteresse imprenable – le château de Ventadour – pillant et terrorisant les habitants des alentours. Et la colère commençait à gronder chez certains villageois, lassés de ces violences à répétition. C'était une colère muette, de celles que l'on partage à la secrète entre impuissants. En effet, qu'auraient-ils pu faire tous, face à ces épées gorgées de sang ? Leurs seuls espoirs étaient les grands seigneurs du royaume tel Jean de France, duc de Berry, mais même devant eux le brigand ne semblait pas vouloir plier.

Malgré son habituelle réserve en public, Yrieix aussi était de ces révoltés. Surtout depuis que l'on avait touché à sa fille, Jehane, la prunelle de ses yeux.
Il était venu s'installer dans ce petit village du Limousin seize ans plus tôt avec sa femme. A l'époque, Geoffroy Tête-Noire n'était pas dans la région et Moustier-Ventadour était encore paisible. Agnès et lui avaient ouvert une petite boutique d'apothicaire dans laquelle ils s'étaient beaucoup investis jusqu'à peu à peu gagner la confiance du voisinage. Au bout d'un an, Dieu avait bien voulu leur offrir une fille, Jehane, qui

---

[1] *Si Geoffroy Tête-Noire a réellement existé, les faits relatés ici ainsi que les personnages sont purement fictifs.*

avait fini de les combler. Pendant longtemps ils avaient vécu tranquilles dans ce village. Une vie modeste mais heureuse, ensemble, sous la protection du Comte de Ventadour, un homme juste et bon.
Jusqu'à l'arrivée de Geoffroy Tête-Noire.

En 1379, le brigand était parvenu à s'emparer du château à la suite d'une trahison d'un valet du Comte à qui il avait versé quelque argent. Un événement malheureux qui avait bouleversé leur équilibre à tous. Geoffroy Tête-Noire était un être cruel ; tout ce qu'il désirait, il le prenait, n'hésitant pas à user de violence pour parvenir à ses fins. Personne n'était à l'abri, du simple manouvrier au propriétaire terrien le plus aisé, y compris les jeunes gens, et d'ailleurs Jehane en avait fait les frais.

C'était à l'automne dernier. Jehane était allée cueillir des champignons dans la forêt pour la soupe. Elle était revenue en pleurs, sans son panier, la robe déchirée et du sang sur le visage. Elle avait eu le malheur de croiser la route de celui qui se proclamait lui-même Comte de Limousin et de sa garde rapprochée. L'un d'eux avait voulu s'amuser avec elle, profiter de sa fraîcheur et de ses charmes naissants. Seule, la pauvre enfant n'avait rien pu faire.
Jehane n'était pas la première victime de ces hommes ; même si l'on en parlait peu, les rumeurs couraient que d'autres jeunes femmes de la région avaient subi le même sort.
Lorsqu'Yrieix avait vu sa fille dans cet état, son sang n'avait fait qu'un tour. Ainsi, même leur corps ne leur appartenait plus. Ils étaient devenus les jouets d'un homme possédé par le Malin, incapables de se défendre, obligés de subir tous ses désirs sans se plaindre. Yrieix aurait voulu crier sa douleur, mais à quoi bon ? Qui l'aurait écouté ? Dans une telle situation, il ne pouvait rien.
Le temps avait passé depuis, mais ni sa haine ni sa rancœur n'avaient disparu.

La réputation de Geoffroy Tête Noire avait fait le tour du royaume et le duc de Berry en personne, fils de Jean II le Bon, espérait le déloger de ce château qui n'était pas le sien. Un groupe de gens d'armes, dont des arbalétriers, était justement arrivé quelques jours plus tôt pour aller à l'attaque de la forteresse. On en parlait dans tout le village, on espérait. Seraient-ils bientôt débarrassés de lui ? L'échec du dernier siège restait encore dans les esprits.

Yrieix était un homme courageux. S'il avait pu participer à cette bataille il l'aurait fait bien volontiers. Mais il savait que ce n'était pas son rôle ; il était bien plus utile au village, à préparer des remèdes et soulager les blessés éventuels. Le père de famille était déterminé à tout faire, à son niveau, pour protéger les siens et aider le duc à chasser cette bande de brigands.
Il était bien loin de se douter à quel point son rôle serait important.

Ce soir-là, il venait à peine de se coucher lorsqu'on frappa à la porte. Lui et Agnès sortirent du lit, inquiets. Que pouvait-on leur vouloir à la nuit tombée ? Pensant à une urgence, Yrieix ouvrit la porte. Derrière, surprise : des sbires de Geoffroy Tête-Noire l'attendaient.
Ils lui ordonnèrent de prendre ses affaires et de les suivre immédiatement : leur chef était blessé et il avait besoin d'être soigné. Faute de trouver le médecin, ils s'étaient reportés sur l'apothicaire, pensant qu'il aurait quelques remèdes efficaces.
Yrieix n'avait pas le choix, il devait leur obéir. Pourtant, la peur le tiraillait. S'il partait, il n'était pas sûr de revenir. Il n'était pas si sot ; que se passerait-il si Geoffroy Tête-Noire succombait à ses blessures ? Le laisserait-on en vie ? Il en doutait. Devait-il donc sauver l'homme responsable de leur malheur à tous ? Si tel était le cas, il aurait du mal à se justifier auprès de Jehane et des autres villageois. Et puis, le château subissait une attaque. Qu'adviendrait-il de lui si les hommes de Jean de France parvenaient à pénétrer dans son enceinte ? Serait-il tué ou

enfermé avec les autres ? Quelle que soit l'issue, il se sentait piégé comme un insecte dans une toile d'araignée.

Un dernier regard à Jehane qui les avait rejoints l'aida à se décider. Il s'empara rapidement d'un petit pot d'arsenic posé sur une étagère et le plaça dans sa besace. Agnès savait ce qu'il y avait à l'intérieur, pourtant elle ne chercha pas à l'arrêter. Au contraire, il lut son approbation dans ses yeux. Cela le conforta dans son idée.

Mené par les hommes de main de Geoffroy Tête-Noire, Yrieix traversa le village endormi et suivit un chemin vers la forêt. Il s'interrogea : ce n'était pas la route habituelle du château et cela leur faisait faire un grand détour, mais les hommes semblaient sûrs d'eux. Ils marchèrent près d'une demi-heure sous les arbres, éclairés seulement par les torches des mercenaires, traversèrent la Soudeillette à l'aide d'un petit pont en bois improvisé qu'ils retirèrent ensuite, et finirent par arriver au niveau d'une pente escarpée couverte de végétation. Yrieix était complètement perdu : il n'y avait rien ici.

Sans perdre de temps, les hommes armés écartèrent quelques feuillages et découvrirent une trappe s'ouvrant sur un passage qui s'enfonçait sous terre. Ils poussèrent l'apothicaire à l'intérieur et alors seulement l'ascension commença. La terre fit place à la roche et un long escalier étroit apparut, directement creusé dans la pierre. Malgré sa peur, Yrieix ne put s'empêcher de souffler d'admiration en découvrant ce lieu secret. Ils continuèrent à grimper jusqu'à une épaisse porte en bois. L'un des hommes frappa trois coups et le passage s'ouvrit. Yrieix était arrivé au château.

Sans tarder, on le conduisit au chevet de Geoffroy Tête-Noire. Il découvrit alors un homme blessé, fragile, étendu sur la paillasse et pâle comme un mort, bien loin de son image habituelle. Le guerrier avait été touché d'une flèche d'arbalète au niveau de la coiffe et la blessure avait beaucoup saigné. Selon Yrieix, il pouvait toujours s'en sortir avec du repos et une bonne cicatrisation. Cela ne devait surtout pas arriver. Cette flèche était leur chance à tous d'en finir avec lui et de vivre en paix. Même s'il devait y laisser la vie, c'était à lui, Yrieix, que revenait cette mission. Une tâche difficile, mais il savait que Dieu lui pardonnerait car il suivait la volonté de la royauté.

Il regarda autour de lui. Trois hommes le surveillaient. Prudent, il commença par étaler un baume sur la blessure, censé aider à la cicatrisation, mais bien peu efficace en vérité. Il continua avec la préparation d'un remède personnalisé pour, indiqua-t-il, aider le blessé à reprendre des forces et soulager sa douleur. La main de l'apothicaire trembla au moment d'ouvrir le pot d'arsenic et verser la poudre dans la cruche. Heureusement, personne ne s'en aperçut. Il savait qu'à haute dose cette poudre était mortelle en quelques heures. Peut-être, il l'espérait, le temps de regagner le village et se sauver avec Agnès et Jehane.

Une fois la potion terminée, Yrieix approcha la carafe de la bouche de Geoffroy Tête-Noire et l'aida à boire quelques gorgées, fébrile. Personne ne l'en empêcha. On ne le considérait pas comme un danger, lui pauvre apothicaire. Il reposa ensuite le récipient sur la table à côté du lit et, prenant une voix la plus assurée possible, fit la recommandation d'en boire un bol chaque matin et chaque soir jusqu'à la guérison.

Les plantes utilisées par Yrieix dans sa mixture donneraient bientôt à Geoffroy Tête-Noire un sursaut d'énergie, une sensation d'aller mieux. Il ne se rendrait pas compte tout de suite qu'un poison s'écoulait dans ses entrailles. Cela laissait à Yrieix juste le temps nécessaire pour s'enfuir. Il demanda donc à rentrer chez lui, prétextant le besoin de se reposer et de refaire du baume pour soigner la plaie. Sa requête fut acceptée et deux hommes armés furent chargés de le reconduire au village tôt le matin.

Lorsqu'ils arrivèrent, Jehane les attendait déjà devant la boutique. On devinait à ses traits qu'elle n'avait pas beaucoup dormi. Dès qu'elle le vit, elle se précipita vers son père. Mais les mercenaires en profitèrent pour sortir un long couteau et le placer sous sa gorge. Simple rappel : si Geoffroy mourrait ou si Yrieix révélait l'entrée du souterrain, sa fille serait tuée. On savait où le trouver.

La menace était réelle, mais Yrieix n'avait pas l'intention de s'attarder. Agnès, pleine de bon sens, avait déjà préparé leurs affaires. Ils quittèrent la maison sans attendre pour se réfugier dans la ferme des parents d'Agnès près d'Ambrugeat, à quelques heures de marche. Personne n'irait les chercher là-bas ; ils y seraient en sécurité en attendant la chute des brigands et de leur chef.

Cela ne prit pas longtemps : Geoffroy Tête-Noire mourut le soir-même, après avoir, dit-on, dégusté un festin. Le remède d'Yrieix lui avait ouvert l'appétit.

Peu après, le château tomba et la paix revint dans le Comté de Ventadour.

Quant à Yrieix, il retrouva son apothicairerie comme il l'avait laissée et reprit le cours normal de sa vie. Personne ne sut jamais rien de son histoire.

Le jugement de Sainct-Mor,
divorce par combat

par Jean-Hugues Chevy

Guilhelme avait étalé son plus beau tablier. La grande poche de devant contenait trois cailloux, chacun plus gros qu'un poing. Une fois le tout cousu à points rapprochés et fil doublé. Elle prit une inspiration, contempla son œuvre, en apprécia la souplesse et effectua quelques tractions pour éprouver la solidité de l'ensemble.
On venait de semer l'orge et les fourrages sur les sols humides qu'elle traversa d'un pas leste. Grande et bien découplée pour une femme, elle était également à l'aise au bal comme sur un attelage. De longs cheveux blonds retenus par un ruban bleu encadraient l'ovale de son visage.
Au centre du bourg de *Fossez*, se dressait l'église Saint-Nicolas. Quelques dizaines de villageois et le curé – toute la population locale, – l'y attendaient, en cercle, sur le parvis.

Déterminée, Guilhelme s'avance. Elle fait tournoyer en l'air son arme improvisée tandis que l'homme en face d'elle, épaulé et bâti comme un roc, brandit sa massue. Instant terrible ! Gauche, droite, le bois va et vient.
Enfant unique d'un marchand de bestiaux, elle accompagnait son père dans les champs pour choisir les bœufs qui nourriraient les Parisiens. Elle avait appris à lancer un nœud coulant au cou d'une bête. Ce gaillard-là, elle se l'imagine comme un taureau qu'on va marquer au fer. Elle vise le poignet qui tient le gourdin et, d'un mouvement sec de l'épaule, propulse son engin.

Raté ! L'adversaire a placé son avant-bras gauche en protection. Pire, il a saisi le tissu ! Elle sent la tension.

 C'est à son tour à lui, de tirer pour la soumettre. Elle connaît cet homme. N'en attend aucune faiblesse. C'est Martin, son mari.

Cinq ans plus tôt, en avril 1429…
Les cloches tintaient joyeusement. D'une voix forte, le curé leur demandait le vœu sacramentel et l'on entendit les deux jeunes gens qui répondaient :
— Oui, Guilhelme, je te prends pour femme.
— Oui, Martin, acquiesça-t-elle.
— Jusqu'à ce que la mort vous sépare, prononça solennellement l'officiant.
— Jusqu'à ce que la mort nous sépare, répéta le nouvel époux.
C'était ici, dans cette église Saint-Nicolas, que les mêmes villageois les avaient acclamés. Il y avait cinq ans. Une éternité. Martin était un solide maître-carrier. À l'époque, elle était sincèrement heureuse d'avoir un mari, une maison et des commères à visiter.

Oui, mais le temps avait passé. Depuis plusieurs années, elle aimait Denis. Un jeune veuf qui avait perdu femme et enfant dans une crue de la Marne. Elle l'avait rencontré alors qu'elle traînait son ombre lourde sur la berge, rêvassant au milieu des libellules. Leurs solitudes s'étaient trouvées.

Tous deux savaient qu'ailleurs, des gens étaient parfois heureux, d'autres mouraient, d'autres erraient à la recherche de leur pitance quotidienne. Les temps étaient difficiles. Il y avait la guerre avec l'Angleterre, les Bourguignons, les Armagnacs. Que leur importaient les batailles ?

Son lancer ayant manqué la cible, c'est elle maintenant qui devient la proie. Un murmure monte de l'assistance, une comptine ramenée par les soldats :

La tour, prends garde,
La tour, prends garde,
De te laisser abattre.

L'homme, enfoncé dans le sol jusqu'à la ceinture, a passé sa massue dans l'autre main. Il tire sur la corde enroulée autour de son avant-bras, tendue à se rompre.

Elle fonce sur sa gauche dans un large détour et entortille le tissu autour du cou de son adversaire. Bien sûr, elle n'a pas la force de le soulever pour le ramener sur le bord. Mais, buste sorti du trou, le dos au sol, la brute gigote comme un poisson au bout de la ligne. Il essaie tout ce qu'il peut pour se retourner et reprendre ses appuis. Peine perdue, elle réussit à maintenir la tension de la corde.

Par un beau soir d'avril de l'an de grâce 1434, en revenant nourrir ses poules sous les nuages ternes, Guilhelme avait eu le choc de sa vie : quelqu'un l'attendait dans sa maison !

Tandis qu'elle empoignait le manche du balai pour le chasser, il ouvrit les bras, tournant vers elle un visage sombre éclairé par le crépuscule. Elle reconnut Martin. Son époux. Parti au lendemain de leurs noces, cinq ans auparavant ! Alors que les festivités battaient leur plein, les recruteurs avaient embarqué tous les hommes présents, trop saouls pour se rappeler ensuite qu'ils avaient signé leur engagement dans l'armée de la Pucelle pour bouter les Anglais hors de France !

Elle le croyait mort. Mais non, le revoilà ! Amaigri, certes, vieilli, avec des cheveux blancs qui dépassaient du bonnet, pour sûr. Mais les yeux, la voix, l'allure, c'était bien lui.

La guerre était finie. Jeanne d'Arc avait libéré Orléans. Puis elle était montée sur le bûcher à Rouen. Il avait vécu un temps de brigandage… mais le moment était venu pour lui de reprendre sa place.

Malheureusement, de cela, pour Guilhelme, il n'était pas question ! Pendant toutes ces années, elle avait trouvé un bonheur inespéré avec Denis. Martin ne voulait rien entendre. Et comme elle refusait, il cogna.

Au petit jour, elle s'enfuyait chez Denis, lui expliquer la situation, d'une voix enrouée entrecoupée de sanglots et de silences. Furieux, il prétendait donner une raclée à Martin. Elle s'y opposait. Elle ne croyait pas une seconde qu'il puisse vaincre un tailleur de pierres exercé dans le métier de soldat. D'un côté, elle refusait d'habiter avec Martin. De l'autre, elle n'envisageait pas non plus de continuer à vivre si Denis était tué. Ce dilemme la poussa à la porte du presbytère.

— Monsieur le curé, Martin, mon époux n'est pas mort à la guerre. Il a suivi une troupe de bandits Armagnacs. Ils ont commis des horreurs. Maintenant, il revient avec un gros caillou bien dur à la place du cœur.

— Ah, ah. Et pour sa foi chrétienne ? s'enquit-il.

Guilhelme se signa.

— Seigneur ! Il l'a reniée, comme tous ces vauriens dont l'âme est perdue !

— La peur t'égare. Aie confiance en Dieu ! Une femme doit accepter les épreuves qu'Il lui envoie et le remercier de Son infinie bonté en ramenant son homme dans le droit chemin.

— Alors Dieu me donnera la force de le combattre.

 Surpris par ce vœu inattendu, le prêtre interrogea :

— Mais comment penses-tu l'affronter ?

— Notre Seigneur y pourvoira. Je suis prête pour le jugement de Dieu !

Depuis les temps les plus anciens, c'est ainsi que se règlent les disputes entre les gens. Du moins celles que la justice terrestre ne peut ou ne veut pas trancher. Ils se battent. Et lorsqu'il y a un vainqueur, c'est la preuve que Dieu l'a choisi. L'autre est tué.

Épreuve interdite aux religieux… mais permise aux femmes. Dans ce cas, pour compenser la différence des sexes et rendre l'affrontement plus équitable, l'homme est placé dans un trou laissant dépasser sa taille.

Devant Saint-Nicolas, pas une parole n'a encore été échangée. Malgré son dos renversé, tous les muscles de son adversaire sont en opposition

dans le seul objectif de l'amener vers lui, tandis qu'elle dirige la tension vers l'extérieur du cercle en tirant de tout son poids sur la corde.
Soudain, d'une enjambée, Guilhelme tente le tout pour le tout. Elle lui saute dessus ! L'inversion subite de l'effort le prend de court. À la manière du pêcheur relâchant son poignet pour mieux ferrer la lourde carpe, Guilhelme s'est précipitée au contact, elle lui colle son genou dans les omoplates et saisit fermement la tête, une poignée de cheveux dans la main droite et le menton au creux de la gauche, l'échine bandée comme un arc. Spectaculaire retournement de situation. Tout redevient possible. Suspendus à l'action, les yeux écarquillés, les villageois retiennent leur respiration.

Guilhelme joue son existence dans un duel dont le code est implacable : si elle perd, elle sera enterrée vivante. Abandonnée de Dieu. Fin de l'histoire. Sa gorge se serre. L'émotion la submerge. Elle murmure une courte prière.

Au ras du sol, sous les murs de l'église compacte et majestueuse, le temps s'est arrêté. La jeune femme est agenouillée, prostrée, extatique, le visage dans l'ombre, penché sur son sein. On croirait voir l'une de ces suppliciées des bas-reliefs. Elle tient entre ses mains une tête grimaçante à peine sortie de terre, tordue dans un angle impossible. Celle d'une sorte de vagabond à la face déformée par la rage, et qui pourtant n'exhale pas une plainte, dont le poing tendu vers le ciel tente de frayer une voie qui déferait l'étreinte.
J'y vais moi-même,
J'y vais moi-même,
Pour abattre la Tour.

Crac ! D'un coup sec, elle lui a brisé la nuque. Un soupir de soulagement, ou de dépit, ou d'admiration, parcourt l'assistance. Guilhelme reste là, tétanisée, le regard dans le vague, au centre de cette petite foule immobile.

Les traits figés dans une dernière convulsion, son adversaire ne bouge plus. Elle a réussi l'impensable. Ce que n'avaient pas fait les Anglais ni le typhus, elle en est venue à bout.

« Jusqu'à ce que la mort nous sépare », avait-il répété au curé lors de leur mariage. Et puis, toutes ces années d'absence. Voilà.

Devant Dieu ? Le Tout-Puissant lui-même s'est prononcé en faveur du divorce*. Définitif. Quelle idée aussi d'aller suivre la Pucelle jusqu'à Orléans quand on vient juste de convoler avec une gente et douce fiancée !

C'est fini. Le soleil resplendit dans les vitraux de l'église. Denis s'approche pour la relever, soulagé, bouleversé, plein d'amour. Ils n'ont plus de temps à perdre. Épuisée et tremblante, Guilhelme prend lentement conscience de sa victoire. Elle lui sourit, les yeux remplis d'espoir. Sans un mot, il l'emmène.

*Jugement divin dans un couple, aussi appelé « divorce par combat ».

---

*Kenneth Hodges, professeur d'anglais spécialiste du Moyen Âge à l'université d'Oklahoma, aux États-Unis, raconte dans un <u>article</u>, concernant cette rare pratique, avoir lu un manuel de combat, d'un certain Hans Talhoffer, maître d'armes du sud de l'Allemagne, en 1467 (NDLR).

Écorché [2]

par C.D. Gaillard

Que mon épée soit nommée Paix.

Tel était le vœu de monseigneur Guyard, maréchal de Bourgogne. Ma première lame, vierge de sang armagnac. J'ai cessé d'être son écuyer, car il a fait de moi son héraut. Le héraut de la paix. Je prends cet honneur comme un affront. Des mois que je bats la campagne entre Arras et mon foyer, Dole. Je suis le porteur des bonnes nouvelles, celui que l'on acclame pour son inaction. Je voulais tuer. Je voulais servir mon pays. Chaque bravo, chaque sourire est une insulte de plus. Mon seigneur m'a offert une arme de parade.

« Le roi demandera pardon audit duc, en affirmant par lui être innocent du meurtre commis en la personne du duc de Bourgogne, son père ; et que, s'il eût su tel cas être avenu, il l'eût empêché envers et contre tous. »

Leurs mensonges résonnent encore dans mon crâne. À Arras, j'ai vu les Anglais nous tourner le dos sans remords et les Français regagner leurs terres impunis. Le vil assassinat perpétré contre feu notre duc, Jean, que l'on disait sans peur, a même été pardonné. Mes aïeux se retournent dans leurs tombes.

« Nous, par la révérence de Dieu, avons fait bonne et loyale paix et réunion avec mondit seigneur le roi. »

---

[2] *La présente nouvelle – monologue - s'inscrit dans le Moyen Âge tardif, peu de temps après la signature du traité d'Arras de 1435 qui marque la réconciliation entre Armagnacs et Bourguignons, mais entraîne également l'apparition de bandes armées désœuvrées : les Écorcheurs.*

Nos ennemis. Les ennemis de la Bourgogne. Les ennemis de monseigneur Philippe, troisième du nom, le plus honorable des Valois. Il a accepté le traité de l'usurpateur Charles quand nous aurions pu le mater. La Bourgogne est le plus grand des pays et nous tenions le royaume de France. Nous le tenions, bon sang ! Monseigneur Guyard allait faire de moi un chevalier, la main armée du bon duc Philippe, que j'aurais mené jusqu'au trône au péril de ma vie. J'aurais gagné ma place à ses côtés.

Je porterais l'insigne de la Toison d'Or et non cette épée inutile.

1436, et déjà l'automne.

Ma brillante armure a tout perdu de son prestige. Certains des seigneurs qui m'ont offert le séjour sur mon chemin de croix partagent mon sentiment. Ils ont le cœur en flammes et l'âme souillée d'avoir ployé l'échine. Nous autres Bourguignons n'acceptons pas la reddition. Notre Comté est et demeurera Franche.

J'ai traîné la paix dans la boue et la poussière. Je m'en laverai bientôt dans les neiges de l'hiver.

1437. Il m'aura fallu plus d'un an pour regagner mes terres.

J'ai hissé la bannière ducale dans tous les pays de Bourgogne, bravant disettes, épidémies et vents glacés. La voilà, ma guerre. Je rentre chez moi, chargé de l'honneur d'avoir piétiné ma Comté. Oh, combien de fois ai-je songé à la briser, cette épée que je porte comme un fardeau ? Le lion d'or qui orne son pommeau m'en dissuade. Serais-je donc un traître, moi qui refuse la trahison ?

Dole, radieuse cité des érudits et des juges ! Tu me tends les bras, à moi qui n'ai pas su te servir ? J'aurais préféré te retrouver en ruine, les pierres encore fumantes de feu français. J'aurais tiré mon épée d'azur et d'or pour la plonger dans le cœur de tes ennemis.

Quel est ce bruit ?

Des hurlements. Que hurle Dole et que hurlent les miens ! Je vous vengerai. Ma lame est au clair.

Je crois voir la plaine s'embraser. La guerre me martèle les tempes. Ma guerre.

Mon cheval rue et me jette à terre. Je roule sur le côté et me redresse, le tintement de mon armure répondant au chant martial.

L'incompréhension et la terreur déforment les visages des gens de mon convoi. Ils prennent la fuite quand ils devraient brandir nos armes et nos couleurs. Des chiens. L'ennemi est à nos portes ! Jour funeste et glorieux !

On m'encercle.

Des figures laides et bâtardes. Même leur livrée est méconnaissable. Je… Je ne sais pas qui ils sont. Leurs armures sont dissemblables. Pas bourguignonnes, ni françaises, pourtant les deux à la fois. Quelle est cette guerre ? Comment l'ennemi peut-il être là ? Pourquoi ces morts autour de moi ?

Mes mains se serrent sur la fusée de mon épée.

Ils sont une trentaine à fondre sur moi. Un seul d'entre eux porte le blason des Armagnacs. Il marche en tête de cette compagnie désordonnée. Qu'il soit le premier à périr.

Je campe ma position, l'épée levée. L'Armagnac tranche, mais j'esquive de justesse. Ma réaction est immédiate. Ma lame le heurte en plein crâne. Se brise sur son casque.

Des éclats d'azur et d'or jonchent ma terre.

Le temps se suspend autour de moi. Je ne peux quitter des yeux les fragments qui me restent entre les mains. Les fragments de mon honneur.

Alors je ferme les paupières. Je rends mon corps à ma Comté.

La lame de l'Armagnac s'enfonce dans ma poitrine. Des pointes d'acier me transpercent de toute part. Je n'ai servi personne.

Je meurs sur les débris d'une épée nommée Paix.

Je meurs seul et sans guerre.

RECUEIL
JEUX FLORAUX
DES PYRENEES
Anthologie 2020
LA MERIDIENNE DU MONDE RURAL

Isabeau, Pierrick, et les autres

par Marie-Pierre Soller

La journée avait été froide, le Mistral soufflait sans discontinuer, les nuages s'étaient envolés et le ciel s'était paré d'un bleu de cobalt. Le soir venant, Pierrick était gelé des pieds à la tête, fatigué et affamé. Après avoir donné les soins nécessaires à sa fidèle monture, il entra dans la première auberge sur son chemin. Un feu de cheminée donnait à la grande pièce une ambiance chaleureuse, les tables et les murs reflétant la couleur mordorée des flammes.

Le jeune homme se délesta de son sac et posa son luth avec précaution sur le banc. Il commanda un plat bien copieux et put enfin se réchauffer tout en relâchant son corps endolori par plusieurs journées de voyage. Après avoir englouti son repas, il leva enfin les yeux de son assiette. La salle s'était bien remplie, certainement des voyageurs, car l'ambiance était assez calme. Il appela l'aubergiste pour lui demander s'il pouvait rester pour la nuit. Celui-ci, rougeaud et bedonnant commença par jauger Pierrick de haut en bas, le questionna sur son voyage, lui demanda son nom et paraissant satisfait des réponses, lui proposa une petite pièce en sous-pente dans les combles. Toutes les chambres étaient déjà occupées. Pierrick accepta, prit ses bagages et au moment de se lever, fut déséquilibré et tomba de tout son long sur le sol froid. Pour éviter de casser son luth, ses bras avaient anticipé le choc et la douleur monta jusque dans ses épaules. Une main l'aida à se relever, douce et fine. Des yeux noisette aux reflets dorés le fixaient avec bienveillance et une certaine anxiété. La damoiselle se montra désolée et s'excusa de sa maladresse. Elle livrait ses fromages à l'auberge et était très en retard. Elle ne l'avait pas vu. Pierrick répondit que ce n'était pas grave, tout en massant son poignet. Avec une légère grimace de douleur, il prit congé de la jeune fille. Celle-ci se retourna et voyant que sa victime boitait légèrement et se frottait les bras, elle revint sur ses pas. Elle s'approcha et lui tendit une petite fiole. Cette potion pouvait le soulager cette nuit. Pierrick était de plus en plus surpris par l'attitude de cette jeune fille, d'autant plus qu'elle lui donna rendez-vous, le lendemain matin, pour traiter ses blessures. Il refusa par principe, mais elle insistait tellement qu'il accepta, de bonne grâce finalement, en plongeant ses yeux clairs dans le regard d'Isabeau. Oui, elle s'était présentée et il trouva ce prénom très gracieux.

Le lendemain, Pierrick ne savait pas à quoi s'attendre en tapant trois coups discrets sur la porte en bois d'une petite bâtisse en pierre, modeste mais bien entretenue. C'est le père d'Isabeau qui l'accueillit et le conduisit dans un petit atelier, dont on ne soupçonnait pas l'existence, caché derrière la grange. A l'intérieur, la jeune fille s'affairait à remplir des fioles de toutes sortes sur une grande table en bois. Immédiatement, son père prit les choses en mains et en un rien de temps, Pierrick fut soigné, massé, enduit d'huiles et d'onguents. Il aurait préféré les mains de la damoiselle, mais le père, grand et fort, était rapide et efficace. Isabeau et son père était connus dans la région pour être des apothicaires très compétents et serviables. Leur activité venait s'ajouter au travail de la ferme auquel toute la famille participait. Les soins terminés, le jeune homme fut convié au repas familial, ce qui lui permettrait de reprendre des forces pour continuer sa route. Pierrick se sentait de mieux en mieux, à l'aise au milieu de cette famille chaleureuse. Tout le monde était réuni autour de la table, frères et sœurs, la mère devant l'âtre et la soupe bien chaude dans les lourdes assiettes en grès.

Le jeune homme était le sujet de conversation et tout le monde se bousculait pour poser des questions. Le luth les intéressait énormément, non pas par curiosité envers l'instrument, mais plutôt envers le musicien. Pierrick finit par expliquer qu'il était troubadour, composait les musiques et écrivait des poésies, des ballades, des danses. Cette fois, il était convié aux festivités du Comte de Provence, qui auraient lieu le mois suivant. En attendant, il devait finir ses compositions et engager des trouvères, bons musiciens et chanteurs. Ces fêtes étaient très populaires à Aix, évènements propices à la découverte d'artistes de toutes disciplines et à les présenter à la cour. La ville était devenue un centre culturel célèbre et la cour était raffinée et lettrée. Tout le monde était à l'écoute et personne ne perdait un mot du discours de leur hôte. Isabeau ouvrait de grands yeux et le benjamin de la famille avalait les mots du troubadour, la bouche ouverte.

Pierrick remercia pour le repas et les soins, puis proposa en guise de reconnaissance de jouer une de ses ballades. La famille se regroupa formant un cercle autour du musicien et la mélodie s'éleva, légère et envoûtante. Le moment fut trop court, ils auraient tous aimé rester là, ensemble, dans cette atmosphère de bien-être. Le feu dans la cheminée, la musique, l'émotion rendaient le moment particulier. Mais, Pierrick devait partir, il lui restait un peu de route, et ne voulait pas arriver trop tard à Aix. Il prit congé de ses hôtes avec un peu d'émotion, comme s'il les connaissait depuis longtemps. Avant de partir, le père lui indiqua l'adresse d'une auberge convenable dans la cité où il serait bien logé et en sécurité. Le jeune homme se dit soulagé de savoir où dormir cette nuit et promit de donner de ses nouvelles.

Quelques semaines après que Pierrick se fut installé dans l'auberge recommandée par le père d'Isabeau, une étrange missive lui fut remise en main propre. Elle contenait plusieurs parchemins, entièrement recouverts d'une écriture fine et serrée. Intrigué, le jeune homme remonta dans sa chambre et assis sur son lit, commença sa lecture. Ballades et poésies se succédaient en une ronde lyrique, poétique, courtoise, épique, avec un style particulier, un rythme fluide. La musique pouvait se laisser porter par les mots, sans difficulté. L'amitié et la joie d'aimer en étaient les thèmes principaux. Le cœur de Pierrick battait un peu plus fort à chaque sonnet et, impatient, il chercha la signature du poète à la dernière page. Rien, la missive était anonyme. Intrigué, perturbé même, il resta toute la journée, enfermé dans sa chambre, à composer sans discontinuer. Chaque poésie le touchait, l'inspiration arrivait par vagues, enflait, jaillissait et l'encre n'arrivait pas à sécher, les feuilles étaient éparpillées sur le sol. Après quelque jours, Pierrick s'accorda une journée libre pour sortir, marcher un peu et surtout recommencer sa quête de ménestrels pour se préparer aux festivités.

Il avait bien quelques noms en tête, mais ne savait pas comment les contacter. Certains avaient l'habitude de se retrouver dans une auberge vers l'église. Le soir venu, il entra dans la taverne, la grande salle empestait le vin et la mauvaise nourriture et aucune table n'était libre. Pierrick recula vers la porte pour repartir, lorsqu'une main l'arrêta. Se retournant, il reconnut un des frères d'Isabeau, certainement le plus âgé, qui l'invita à s'assoir à sa table. Pierrick était agréablement surpris, car François était cordial et sa conversation intéressante. Après avoir bavardé un moment, Pierrick expliqua la raison de sa venue dans l'auberge et sa difficulté à trouver de bons musiciens et chanteurs. Il lui fit part également de l'étrange missive qu'il avait reçue et de son contenu qui l'avait subjugué. Il se confia, car il avait quelques scrupules à s'approprier ces petits chefs-d'œuvre. François était très perplexe, ce cadeau était surprenant. A la fin de la conversation, François promit à Pierrick de se renseigner et lui faire parvenir des noms de ménestrels et à quel endroit il pourrait les trouver. François demanda s'il était possible d'avoir quelques compositions pour les montrer aux musiciens et chanteurs qu'il connaissait. Pierrick lui proposa de venir jusqu'à sa chambre, car il avait recopié les pièces les plus belles, selon lui. Chose faite, ils se quittèrent en amis et promirent de se revoir bientôt.

Pendant plusieurs semaines, le troubadour continua son travail méticuleux de compositeur et ses recherches pour former un groupe pour les festivités. François tint sa promesse et envoya une lettre à

Pierrick, l'invitant à venir diner dans sa famille pour discuter des recherches effectuées.

Le musicien était heureux d'avoir enfin une réponse et se réjouissait de retourner dans ce foyer chaleureux et peut-être, sans se l'avouer, revoir Isabeau. Qui sait, cette idée ne devait pas lui déplaire car il arriva à la ferme avec un sourire qui s'étirait d'une oreille à l'autre, avec dans les mains, un joli bouquet de fleurs des champs, qu'il avait cueilli en chemin.

Il fut accueilli de la même façon que la première fois et semblait faire partie de la famille pendant le repas, qui fut joyeux et délicieux. Lorsque les ventres furent bien pleins, François prit Pierrick à part pour discuter seul à seul. Le reste de la famille s'éclipsa en un instant, pour les laisser bavarder. La conversation tourna évidemment sur la préparation de la représentation lors des festivités. Quelques instants plus tard, ils furent interrompus par une musique provenant de la pièce d'à côté. François entraina le troubadour. Quelle ne fut sa surprise, de trouver les membres de la famille au complet, chacun tenant un instrument, flûtes à bec, harpe, tambourin, hautbois, vielle et au milieu, Isabeau tenant son luth, prête à jouer. Devant le groupe, Perrine, l'ainée des filles et le benjamin des garçons. François les rejoignit et se tint à côté de Perrine. Le père fit un petit signe de la main et la musique emplit la pièce. Lorsque François et Perrine se mirent à chanter, leurs voix chaudes s'élevèrent avec une exactitude et une légèreté qui provoquèrent un état de béatitude chez le troubadour. Il lui semblait que sa musique avait été faite pour eux, pour leur talent. La flûte se dégageait de l'accompagnement du tambourin, jouant avec le rythme. Le benjamin commença à danser et rien ne pouvait plus arrêter les larmes de Pierrick, l'émotion était telle qu'il dut s'assoir car son cœur battait la chamade. La dernière note semblait s'éterniser et l'instant d'après tous les regards se tournèrent vers le jeune homme. Le silence se fit et le troubadour s'avança, serra contre lui chacun des artistes, sans dire un mot, avec solennité. La dernière fut Isabeau, qui mêla ses larmes aux siennes et dont l'étreinte fut un peu plus longue.

C'est Isabeau qui avait écrit les poésies. Elle attendait depuis des années d'être reconnue comme poétesse, mais seule sa famille avait eu foi en elle. Quant à ses parents, musiciens, ils avaient donné une éducation artistique à chacun de leurs enfants, en fonction de leur caractère ou de leurs envies. Tous avaient un talent différent, c'est pourquoi Marius, le plus jeune, aimait la danse, Perrine et François le chant, seule Isabeau aimait écrire et inventait des histoires, depuis toute petite. Elle les racontait à ses frères et sœurs les soirs de veillées, devant le feu de cheminée. Le destin avait mis Pierrick sur leur chemin, un miracle selon la mère, qui espérait tant que ses petits soient indépendants et heureux. Le troubadour, lui, pensait que Dieu avait choisi cette famille pour le rendre heureux et célèbre.

Quelques semaines plus tard, à Aix, le marché était bondé, les étals rivalisaient de couleurs et de senteurs. Les échoppes des artisans recelaient de véritables petits chefs d'œuvres, les enfants, tournoyaient en riant autour des tentes installées pour l'occasion. Les joutes des chevaliers étaient le spectacle le plus recherché. Les blasons sur les boucliers semblaient danser sur les chevaux. Le rythme de la fête était enjoué, danseurs, musiciens, entraînaient la foule dans une valse qui effaçait leur quotidien rude et difficile. Les jongleurs jouaient avec des bâtons enflammés dont les étincelles s'évanouissaient dans le ciel.

C'est à la nuit tombée, que le comte, entouré de ses chevaliers et suivi de sa cour, se mêla à la foule bigarrée. Du haut de son cheval, il admirait le spectacle, un sourire aux lèvres. De temps en temps, il se retournait pour jeter un coup d'œil à son épouse et se montrait satisfait de la voir rire. Le cortège s'arrêta soudain, sans en avertir le comte. Surpris, il constata que son épouse était descendue de sa monture et se tenait devant un groupe de musiciens, comme subjuguée. Intrigué, il la rejoignit.

Les ménestrels étaient de tous âges, le plus jeune dansait avec agilité, les musiciens ne percevaient rien de ce qui les entourait, pris en otages par le rythme et les mélodies. Les chanteurs étaient expressifs et les poésies sublimaient la musique. La comtesse ne bougeait plus, son corps entièrement tendu, les yeux se perdant dans les flammes du feu que l'on avait allumé. Les spectateurs s'étaient assis tout autour du brasero et la scène s'inscrivait en ombres et lumières dans le ciel étoilé. La dernière note se perdit dans la nuit et quelques secondes de silence maintenaient l'auditoire en apnée. Puis, une rumeur de contentement s'éleva et les applaudissements crépitèrent. Le comte observa son épouse, qui, sortie de sa concentration extrême, applaudissait avec une ferveur qu'il ne lui connaissait pas. La comtesse s'approcha ensuite du groupe, suivie de son époux, et sans demander l'avis du comte, proposa à Pierrick de devenir le troubadour de la cour, avec bien entendu l'ensemble de ses ménestrels. Isabeau fut présentée comme l'auteur de ces poèmes, qui avaient transcendé la musique.

Le destin en avait voulu ainsi. Ces rencontres improbables les avaient tous réunis et la passion qu'ils éprouvaient pour leur art leur servit de guide. Les années passèrent, Isabeau et Pierrick se marièrent, c'était écrit depuis leur premier regard, des enfants sont nés. L'engagement du comte et de la comtesse fut fidèle envers eux et les artistes restèrent à la cour toute leur vie, avec ses hauts et ses bas, ses malheurs et ses bonheurs, mais le groupe resta une famille soudée et respectueuse de leurs mécènes.

Une histoire, des rencontres, une passion, un destin commun.

Ancien Comté de Foix

Nouvelles

LA MERIDIENNE DU MONDE RURAL

www.lameridiennedumonderural.fr

Le Parfait et le Forgeron

par Laurent Epry

Les brumes de l'Occitanie enveloppaient le petit village de Faugères comme un manteau protecteur. Niché au creux des collines, non loin de l'abbaye de La Chaise-Dieu, ce hameau était une enclave de calme dans un monde en plein bouleversement. Les cloches de l'abbaye résonnaient chaque matin dans l'air vif, rappelant aux villageois la présence de Dieu et l'ordre qu'Il avait voulu sur terre. Guilhem, le jeune forgeron du village, appréciait ces moments où le son des cloches se mêlait au martèlement de son marteau sur l'enclume. Il avait vingt-deux ans et était connu pour sa force et son habileté à façonner le fer. La vie à Faugères était rude, mais simple, jusqu'à ce que les échos d'une guerre lointaine viennent troubler leur quiétude.

Depuis plusieurs mois, des rumeurs couraient. Les villageois parlaient à voix basse des armées de Croisés qui descendaient du nord, semant la terreur dans les terres du Languedoc. La croisade contre les Albigeois, ces hérétiques que l'on appelait aussi Cathares, ravageait les campagnes. Guilhem, comme la plupart des habitants, était catholique, mais il ne comprenait pas cette haine. Les Cathares étaient-ils si différents ? Dans les foires où il avait voyagé pour vendre ses outils, il avait croisé certains d'entre eux. Ils parlaient de pureté et de partage, des idées qui ne semblaient pas dignes de provoquer un tel carnage.

Un matin, alors que le gel recouvrait encore les champs, des cavaliers firent irruption à Faugères. Ils portaient les couleurs de Simon de Montfort, le chef des Croisés. Leur chef, un homme à la voix rauque et à la barbe fournie, s'adressa aux villageois rassemblés sur la place.

— Gens de Faugères, la croisade avance, et vous devez choisir votre camp. Vous ouvrirez vos portes aux armées du Christ ou vous serez considérés comme ennemis. Il n'y aura pas de pardon pour ceux qui protègent les hérétiques.

Un silence lourd tomba sur la place. Le curé du village, pâle et tremblant, s'avança pour promettre obéissance, mais une voix s'éleva dans la foule. C'était Guilhem.

— Nous sommes des gens de paix, messire. Nous n'avons rien à voir avec cette guerre.

Le chef des cavaliers fixa le jeune homme d'un regard glacé.

— Alors, prouvez votre loyauté. Remettez-nous tout hérétique que vous auriez abrité ici. Nous reviendrons dans trois jours.

Lorsque les cavaliers disparurent, le village fut plongé dans une agitation fiévreuse. Certains voulaient se plier à l'ordre des Croisés, d'autres parlaient de fuir dans les bois. Guilhem était troublé. Ce soir-là, alors qu'il ramenait son marteau et son soufflet à la forge, il entendit un bruit dans les fourrés. Il s'approcha prudemment et découvrit un homme en haillons, visiblement à bout de forces.

— Aidez-moi, murmura l'inconnu. Je suis un Parfait.

Le mot glaça Guilhem. Les Parfaits étaient les prêteurs de la foi cathare, des hommes traqués et souvent condamnés à mort. Guilhem hésita, mais l'état de l'homme était trop misérable pour qu'il puisse le laisser là. Il le cacha dans une cabane abandonnée à la lisière de la forêt.

Les jours suivants furent marqués par une tension croissante. Guilhem se réveillait chaque matin avec la crainte que les Croisés reviennent et découvrent le Parfait. Le village se divisait : certains étaient prêts à tout pour *sauver leur peau,* tandis que d'autres murmuraient qu'il fallait résister. La situation explosa lorsque les cavaliers revinrent, exigeant de fouiller chaque maison.

— Si vous cachez un hérétique, nous le trouverons, tonna leur chef.

Guilhem, pris de panique, courut jusqu'à la cabane pour avertir le Parfait. Mais l'homme refusa de fuir davantage.

— Je ne crains pas la mort, Guilhem, dit-il avec une étrange sérénité. Mais si tu veux sauver ton village, il te faudra prendre une décision.

Lorsque les Croisés découvrirent finalement la cabane, Guilhem était là, seul. Il leur livra un paquet contenant les effets du Parfait et affirma que l'hérétique était mort dans les bois. Les cavaliers, peu enclins à perdre du temps, quittèrent Faugères, laissant le village en paix … pour un temps.

Mais Guilhem, lui, ne connut plus la paix. Les villageois le regardaient différemment. Certains chuchotaient qu'il avait vendu son âme, d'autres louaient son courage. Lui seul savait ce qu'il avait fait : il avait caché le Parfait dans une grotte profonde, loin du village. La guerre se poursuivait ailleurs, mais pour Guilhem, le poids du mensonge et la mémoire du regard serein de l'hérétique resteraient une croix à porter.

Un matin, des années plus tard, alors qu'il travaillait à la forge, un pèlerin s'arrêta à Faugères. C'était un homme âgé, portant une simple tunique. Guilhem le reconnut immédiatement. Le Parfait posa une main sur son épaule et murmura :

— La foi ne se mesure pas aux dogmes, mais aux actes. Merci, Guilhem.

Puis il disparut dans les brumes, laissant le forgeron seul, mais étrangement apaisé. Et tandis que les cloches de La Chaise-Dieu sonnaient au loin, Guilhem comprit que sa rédemption était à la fois une fin et un nouveau départ.

Les jours suivants, Guilhem entreprit de restaurer une ancienne croix de pierre au sommet de la colline, surplombant le village. Ce monument, autrefois oublié, devint un symbole de mémoire. Chaque soir, à la lumière du crépuscule, il montait en silence pour entretenir cette croix, témoin muet de la violence passée et des sacrifices consentis.

Les villageois, bien que divisés sur leur jugement envers Guilhem, commencèrent à se rassembler autour de ce lieu. Certains apportaient des fleurs, d'autres se recueillaient en silence. Peu à peu, la rancune s'effaça pour laisser place à une reconnaissance tacite de son courage. Une paix fragile mais sincère s'installa à Faugères.

Quant à Guilhem, il continua à forger, mais avec un regard différent sur le monde. Les guerres lointaines avaient changé sa perception du bien et du mal. Dans la chaleur de son atelier, il forgeait des outils pour cultiver la terre, des objets utiles à la vie quotidienne. Et chaque soir, dans le silence des collines, il trouvait dans la lumière vacillante des bougies allumées par les villageois, une lueur d'espoir pour un avenir meilleur.

Ainsi, Faugères devint un refuge, non pas à l'abri des conflits du monde, mais porteur d'une leçon apprise dans le sang et la foi : la paix se conquiert par des actes de courage humble et des sacrifices silencieux.

Le Dernier Message de Jehan

par Naima Guermah

La pluie martelait les toits de chaume du village, transformant les chemins de terre en bourbiers perfides. Dans l'ombre tremblotante des chandelles, Jehan de Montreuil rédigeait avec application une missive qu'il savait cruciale. La France était en guerre, encore et toujours, et les alliances se tissaient avec autant d'adresse que les tapisseries des dames de la cour.

Jehan était clerc, mais il avait le sang vif d'un chevalier et l'esprit affûté d'un lettré. Au service du seigneur de Rochebrune, il transcrivait les actes de propriété, répertoriait les taxes et rédigeait les courriers officiels. Pourtant, ce soir-là, la plume qu'il trempait dans l'encre servait un dessein bien plus secret. Le duc d'Aquitaine préparait un soulèvement contre le roi, et Jehan, sous son habit austère, était un rouage discret de cette vaste conspiration.

La porte s'ouvrit brusquement, laissant entrer un souffle d'air glacé et une silhouette massive. Bertrand, capitaine des gardes de Rochebrune, entra d'un pas pesant. Son visage buriné par les batailles se fendit d'un sourire énigmatique.

— Des nouvelles de Paris, Jehan ?

Le clerc hocha la tête sans répondre immédiatement, pliant soigneusement le parchemin avant d'y apposer le sceau du seigneur. Bertrand referma la porte et s'approcha, baissant la voix.

— Le roi soupçonne la trahison. Il envoie ses émissaires dans le Poitou.

Jehan serra les dents. Il savait que chaque jour comptait. Si la missive qu'il venait d'écrire tombait entre de mauvaises mains, le seigneur de Rochebrune et tous les conjurés seraient condamnés au gibet.

Le lendemain, Jehan enfourcha son cheval et s'élança à travers la forêt. L'air était chargé d'humidité, et le chant des corbeaux résonnait sinistrement. Il connaissait un chemin à travers les collines, plus long mais à l'abri des patrouilles royales. Chaque battement de son cœur rythmait la cadence des sabots sur la mousse détrempée.

À la tombée du jour, il atteignit un prieuré en ruines où l'attendait un homme encapuchonné. C'était un messager du duc d'Aquitaine. Le clerc lui tendit la missive d'une main ferme, mais son instinct lui souffla un avertissement trop tardif. Un bruit sourd fendit l'air : un carreau d'arbalète s'enfonça dans sa poitrine.

Tombant à genoux, Jehan vit le messager reculer lentement, puis se détourner. Il n'y aurait pas de révolte. Le duc avait été trahi.

Dans son dernier souffle, le chevalier sourit. Car il savait que d'autres avaient vu venir la trahison et que, quelque part, un autre cavalier filait vers l'Aquitaine, porteur d'un espoir que même la mort ne pourrait éteindre.

Le vent s'engouffrait entre les pierres du prieuré tandis qu'un silence pesant s'abattait sur la scène. La silhouette encapuchonnée se retourna, scrutant les ténèbres. Un sifflement rompit l'accalmie, et une seconde flèche fusa de l'ombre, frappant le messager en pleine gorge. Il s'effondra sans un bruit.

De derrière un pilier effondré, une femme aux traits marqués par la rudesse du voyage surgit. Son manteau sombre dissimulait une dague effilée et une bourse au blason du duché d'Aquitaine. Elle s'agenouilla auprès de Jehan, posa une main tremblante sur son front blême.

— Pardonne-moi de n'avoir pu te prévenir, murmura-t-elle, sa voix brisée par l'émotion.

Jehan ouvrit les yeux une dernière fois, les lèvres entrouvertes sur un nom qu'elle seule comprit. Puis il s'éteignit.

La femme serra les poings et se releva. Il était hors de question que le message meure ici. D'un geste précis, elle récupéra le parchemin taché de sang et, sans un regard en arrière, s'élança vers l'Aquitaine. Car si Jehan était tombé, la cause, elle, ne devait pas périr.

Les jours suivants furent une course effrénée. La femme, que l'on nommait Isabeau de Lussan, traversa forêts et rivières, évitant les routes surveillées. Les hommes du roi étaient sur ses traces. À chaque relais, elle échangeait son cheval, dormant à peine, guettant le moindre signe de filature.

Un soir, alors qu'elle atteignait les contreforts de l'Aquitaine, une embuscade la surprit près d'un moulin abandonné. Une demi-douzaine de cavaliers en armes l'encercla. Isabeau dégaina sa dague, prête à vendre chèrement sa vie.

Mais avant qu'ils ne l'assaillent, une flèche fendit l'air, atteignant un des assaillants en pleine gorge. Des silhouettes surgirent de l'ombre : des partisans du duc. Un combat bref et brutal s'engagea, et bientôt, les soldats du roi furent dispersés.

Un homme vêtu d'une cape bleue s'approcha d'Isabeau. Il lui tendit la main.

— Vous portez un message, madame. Nous avons attendu trop longtemps.

Isabeau hocha la tête, sortit le parchemin de sa tunique et le remit à l'homme. L'espoir des conjurés n'était pas mort...

Le lierre et le houx

par Parthemise33

Au temps de la reine Blanche de Castille, régente du royaume de France, le Domaine de Tintignan était un joyau du Queyras. Son château, imposant et majestueux, se dressait sur une colline verdoyante, entouré de jardins luxuriants et de fontaines chatoyantes. Ses hautes tours de pierre blanche, ornées de créneaux et de vitraux colorés, dominaient le paysage. À l'intérieur, les vastes salles étaient richement décorées de tapisseries représentant des scènes de chasse et des banquets. On racontait que le château était gardé par des esprits bienveillants, des feux follets qui guidaient les visiteurs perdus dans la nuit. Une espèce de phare montagnard.

La Comtesse Aélys de Laroque Montbrun, la plupart du temps vêtue d'une robe de soie bleue ornée de broderies d'or et d'argent, en harmonie avec sa blondeur triomphante, était l'objet de toutes les convoitises. Sa beauté captivante attirait nobles et troubadours de tous horizons, et son charme envoûtant était tel qu'il ne laissait personne indifférent. Son mari, le Comte Édouard, qui portait régulièrement des pourpoints de velours vert brodé de fils d'or, bien que conscient de l'attention qu'elle suscitait, voyait d'un bon œil cette effervescence. Les nobles visiteurs, après un festin de venaison rôtie, de pâtés en croûte et de fruits confits, apportaient richesse et prospérité. Parmi ces invités, le troubadour Thiburce de Mourmelon, connu pour ses vers enflammés, ne pouvait résister à l'appel de la Comtesse. Il s'invitait au château, espérant conquérir le cœur d'Aélys avec ses ballades.

- Ô noble dame, suppliait-il, daignez prêter oreille à mes vers enflammés. Que votre cœur soit conquis par la flamme de mon amour!
-Troubadour, répondait la belle dame en baillant, vos paroles sont douces mais volatiles comme le vent. Sauriez-vous conquérir mon cœur comme vous le prétendez ?

Ainsi, la Comtesse, bien qu'amusée par ses assiduités, ne pouvait s'empêcher de le railler. Elle le comparait à un poulpe essayant en vain d'enlacer une étoile de mer, une image qui faisait rire ses dames d'honneur et irritait Thiburce.

Un jour, lors d'une promenade ensoleillée, Aélys, vêtue d'une robe légère de lin blanc agrémenté de rubans bleus, se retrouva entourée de quelques nobles. Leurs pas les menèrent tout d'abord dans le village niché au pied du château. Le clocher de l'église, point culminant du village, se dressait fièrement, son ombre s'allongeant sur la place centrale pavée de pierres inégales. À ses pieds, les maisons de bois et de torchis s'alignaient en un désordre charmant. C'était donc un lieu pittoresque avec ses maisons à colombages et ses rues pavées. Des étals colorés envahissaient la place centrale, proposant des étoffes précieuses, des poteries fines et des fruits gorgés de soleil. Les musiciens itinérants enchantaient la foule de leurs mélodies enjouées, tandis que le bruit des pas des danseurs résonnait sur les pavés. Le boulanger s'affairait dans son fournil, embaumant l'air de l'odeur enivrante du pain qui lève, promesse d'un festin simple mais réconfortant.

Le marché hebdomadaire y attirait marchands et villageois, offrant une multitude de produits locaux tels que fromages affinés, pains fraîchement cuits, et vins épicés. On prétendait que certains objets vendus sur le marché étaient enchantés, conférant chance ou guérison à ceux qui les possédaient. Thiburce en profita pour acheter une écharpe à une vendeuse venue de Turin. Cette dernière lui promit que celle qui la porterait lui serait enchaînée éternellement.

Prolongeant leur flânerie, ils s'engagèrent sur un sentier menant à la falaise des Loups, célèbre pour son point de vue. Arrivés au sommet, la joyeuse compagnie s'installa pour une collation de pâtés et pain de seigle. Thiburce, désireux de se démarquer, choisit ce moment pour faire preuve de bravoure. Il s'approcha d'Aélys, et dans un élan de folie, enroula son écharpe autour de son cou, espérant capter son attention.
- Belle dame, puis-je espérer que mon geste vous touche plus que mes ballades ?
 -Hardi troubadour, votre audace dépasse l'entendement. Songez-vous réellement me charmer ainsi ?
Dédaigneusement, elle le souffleta, mais le troubadour, piqué dans son orgueil, ne recula pas. Dans un jeu de bravade, ils s'aventurèrent au bord de la falaise, riant et s'échangeant des piques. Mais la légèreté du moment se transforma rapidement en tragédie. Thiburce, en déséquilibre, glissa et, par un réflexe désespéré, s'agrippa à la main de la Comtesse. Dans un mouvement incontrôlé, ils tombèrent ensemble, rebondissant sur les rochers, leurs cris se mêlant au bruit de la chute.
Ils furent retrouvés au bas du précipice, leurs corps brisés, mais leurs mains toujours enlacées. La mort les avait unis d'une manière qu'aucun des deux n'avait imaginée. On racontait que des fées veillaient sur leurs âmes, et que des lumières mystérieuses dansaient autour de leurs tombes lors des nuits sans lune. Ils avaient été imprudents, jouant avec le destin, et la morale de leur histoire résonnait dans l'air : « A faire les malins, on tombe dans le ravin. »

Sans avoir eu le temps de se confesser, ils furent enterrés à l'endroit même de leur chute. Un oratoire fut érigé sur leurs tombes, un lieu de recueillement et d'avertissement pour ceux qui s'aventuraient dans la nature. Le temps passa, et un lierre verdoyant enserra l'édifice, tandis qu'un bois de houx protégeait ce sanctuaire des regards indiscrets. Ainsi, la légende de la Comtesse Aélys et du troubadour Thiburce perdura, un rappel que la beauté et l'audace peuvent parfois mener à des fins tragiques.

Les randonneurs, en passant, s'arrêtaient pour contempler l'oratoire, se remémorant l'histoire de ces deux âmes liées par la fatalité, et réfléchissant aux dangers de l'orgueil et de la légèreté. Et les plus chanceux d'entre eux affirmaient avoir aperçu des lueurs féeriques entourant leurs tombes. Certains racontaient avoir entendu comme un murmure porté par la lombarde :
-Madame, vous piquez.
-Monsieur, vous m'étouffez.

De Gueules et de Sable

par Dominique Chalaye

Erwan remonta le volet roulant de sa chambre. Il n'était que sept heures, mais déjà le soleil laissait présager que la journée serait belle. Il était, selon sa propre mère, excité comme une puce, si tant est qu'aucun entomologiste n'ait jamais mesuré le degré d'accélération psychique de cet insecte.

Pour son anniversaire, ses onze ans, ses parents lui offraient avec ses amis une journée au château de Careil, où le châtelain organisait des goûters d'anniversaires féeriques sur le thème du Moyen Age. Déguisements de princes et de princesses, chevaliers et écuyers, de quoi pendant quelques heures se prendre pour Godefroy de Bouillon, Bayard ou Du Guesclin, voire pour les filles Mathilde de Toscagne qui avait en son temps pris les armes pour défendre son château.

Tout cela était organisé autour de jeux, chasse au trésor et énigmes à résoudre. Le châtelain tenait à tordre le cou à des clichés les plus solidement liés au Moyen Age, où l'on trouve l'idée que les gens y étaient globalement stupides, illettrés ou dominés par une Eglise obscurantiste.

Il démontra le contraire aux enfants, en leur proposant une énigme écrite par Alcuin, conseiller de Charlemagne, qui avait rédigé un traité intitulé : « Proposition pour affûter l'esprit des jeunes gens ». Et pas question de tricher, il faut faire l'exercice sans calculette ! Alcuin proposait même une énigme impossible à résoudre, dont il disait qu'elle devait être proposée aux élèves turbulents…pour les calmer !

Cela avait bien fait rire Erwan et ses amis. Avant l'heure de déguster une énorme pièce montée, une dernière épreuve de cache-cache devait permettre à l'impétrant de recevoir titre et diplôme de Seigneur de Careil. Erwan, chevalier de la couronne de France, avait cinq minutes pour trouver une cache, avant que les soldats de l'armée d'Angleterre ne se lancent à sa recherche.

Le château de Careil était une ancienne place forte qui défendait Guérande aux portes des marais salants. Le donjon d'origine se situait à l'arrière du logis seigneurial, il s'était effondré à la suite d'un incendie venu des cuisines. Jusqu'à présent, le châtelain n'avait pas pu effectuer les travaux au vu des sommes à investir. Mais grâce à une donation bienvenue du Loto du Patrimoine le chantier de restauration avait commencé. Une pelleteuse surmontait un tas de pierres qu'Erwan escalada. Entre les chenilles, sous le châssis, le futur prince de Careil se montra téméraire. Il avait distingué une excavation suffisamment large pour s'y glisser. Quelques branchages feraient l'affaire pour obstruer le trou et le dissimuler au regard de ses poursuivants. A peine installé dans cet abris précaire, Erwan sentit le sol se dérober doucement sous lui, une sorte d'éboulis qui l'entraina vers le bas. Le glissement s'arrêta, Erwan alluma la torche de son téléphone portable. Plus de peur que de mal, il distinguait en haut le rayon de lumière de l'orifice par où il était entré. Il se trouvait dans une petite salle basse jonchée de détritus, avec dans un angle une énorme jarre renversée sur le sol. En s'en approchant, il éclaira l'intérieur et eut un léger recul en apercevant un crâne et un squelette. Il n'avait qu'une hâte, remonter à l'air libre. Le jeu devait durer une quinzaine de minutes et le désir de gagner en n'étant pas découvert l'emporta sur la légère frayeur qui l'envahissait. Des bruits de pas, des éclats de voix puis plus rien.

La sonnerie du minuteur de son portable libéra Erwan. Sortant de sa cachette il ne vit personne alentour. Son arrivée dans la cour du château fut saluée par des applaudissements. Il était temps de déguster le gâteau d'anniversaire et de recevoir son prix : un blason aux armoiries d'argent, au lion coupé de gueules et de sable couronné de gueules, emblème des seigneurs de Careil. Erwan alla discrètement faire part de sa découverte à Monsieur Foucher de la Rochegeffart, le propriétaire.

La fin de la fête fut pour Erwan le début d'une autre histoire bien plus passionnante. Monsieur Foucher l'associa à ses recherches concernant le squelette, une sorte de légiste au milieu d'un cold case réouvert des siècles plus tard.

1341, la guerre de succession de Bretagne vient de commencer. C'est aussi la « guerre des deux Jeanne » entre Jeanne de Penthièvre et Jeanne de Flandre, l'épouse de Jean de Montfort, que l'histoire dit plus déterminées au combat que leurs maris. Le roi de France soutient les Blois-Penthièvre, le roi d'Angleterre les Montfort.

Cette guerre de succession est dévastatrice pour les Bretons.... Pour récupérer le duché, Jeanne de Penthièvre et Jean de Montfort se sont livrés un duel sans merci. L'une des pages les plus sombres de l'histoire de cette province.

De petite seigneurie, Denis du Bouays de Careil, exerce des responsabilités militaires auprès du duc et bénéficie de ses faveurs. Cette famille, comme d'autres du « terrouer » de Guérande, s'est engagée, aux côtés du prétendant Jean de Montfort.

Le seigneur de Guérande – une ville qui vend son sel à l'Angleterre – a des partisans moins fortunés, certes, mais plus nombreux : la petite noblesse de Basse-Bretagne qui espère la redistribution de terres et de titres monopolisés par la grande bourgeoisie de Haute-Bretagne. En outre, il reçoit le soutien des ports bretons qui commercent entre l'Angleterre et Bordeaux. Le Guérandais s'empare, en 1342, du sud de la péninsule. L'armée du roi de France lui fait toutefois vite barrage.

Un partage du territoire est proposé par l'Angleterre à partir de 1360 (le nord et l'est pour le couple Blois-Penthièvre, le sud et l'ouest pour le jeune fils de Jean de Montfort et sa mère Jeanne de Flandre), mais Jeanne de Penthièvre refuse de couper la Bretagne en deux. « Autoritaire et ambitieuse, elle veut que l'on se batte pour elle jusqu'à la mort ». Il faut donc en finir. La bataille décisive a lieu à Auray, dans le

Morbihan, le 29 septembre 1364. La victoire anglaise est sans appel. Parmi le millier de morts côté Valois, on compte Charles de Blois, tandis que le chevalier Bertrand Du Guesclin, connu pour ses actes de bravoure pendant la guerre de Cent ans, est capturé. Le traité de Guérande établit Jean IV comme successeur légitime.

Veuf de Marie de Waltham, il épouse en secondes noces Jeanne Holland, dont on disait qu'elle était « la plus belle femme d'Angleterre ». Denis du Bouays est remarqué par Olivier de Clisson à la bataille d'Auray pour sa bravoure. Il en avait fait son écuyer et résidait de temps en temps au château de Careil ce qui était bien pratique car proche de Guérande

Clisson s'était épris de Jeanne et la belle anglaise le lui rendait bien. Le château de Careil était idéalement situé, à moins d'une lieue de Guérande pour être le théâtre de scènes d'amour courtois, de rencontres organisées par Denis Baye, qui allait chercher la duchesse déguisée en servante à la poterne du Tricot au pied de la tour Sainte Catherine. A la cour, on chuchote que Jeanne aurait des faiblesses pour Clisson, et la rumeur enflant, Jean IV ne voit plus en Olivier de Clisson un allié mais l'amant de sa femme. La brouille sera lourde de conséquences puisque ce dernier s'alliera à Du Guesclin en octobre 1370, au service du roi de France Charles V le Sage. Denis Baye avait déserté Careil, on prétend l'avoir vu lors de la prise du château de Saint Sauveur le Vicomte où il aurait été tué. Les archives consultées par l'actuel propriétaire du château ne donnaient aucune indication à ce sujet.

Monsieur Foucher invita Erwan à lui rendre visite :
- « Au point où nous en sommes, il ne reste plus qu'à recourir à un test A.D.N. sur le squelette que tu as découvert. Qu'en penses-tu ? »
Erwan était tout émoustillé à la pensée d'être dans la peau de Lilly Rusch la détective de la police de Philadelphie. Il adorait la série « Cold case » qu'il regardait avec ses parents.
L'Institut Génétique de Nantes Atlantique avait un département pluridisciplinaire permettant la résolution d'enquêtes judiciaires.

Enfin, ces méthodes d'analyses sont aussi utilisées dans des contextes historiques et archéologiques. Ces dossiers nécessitent des moyens dignes des plus grandes enquêtes criminelles. La mise en commun des compétences d'historiens, d'anthropologues ainsi que des experts en ADN est nécessaire pour aboutir à identifier ces ossements anciens. Par chance, un chercheur de cet institut le docteur Henry était un passionné d'histoire et d'archéologie. Un profil génétique en ADN mitochondrial a été établi et le résultat obtenu a été stupéfiant ! Les marqueurs de lignées permettent de comparer des individus d'une même fratrie (frères et sœurs) mais aussi sur plusieurs générations (grand-mère/petits-enfants par la mère) ou des liens plus complexes (arrière-petit neveu par exemple). Ces marqueurs permettent de remonter plus loin dans les arbres généalogiques. Et là le Docteur Henry et Monsieur Foucher restèrent sans voix !

L'étude conjointe des données moléculaires et des données anthropologiques avait déjà permis de résoudre des énigmes historiques, mais jamais à ce niveau-là : Le squelette découvert à Careil fait bien partie de l'arbre généalogique de Denis du Bouays.

37 HISTOIRES HUMORISTIQUES ET INSOLITES

La Méridienne du Monde Rural

www.lameridiennedumonderural.fr

La princesse à la fenêtre

par Bernard Marsigny

Elle - Tu me racontes une histoire ?

Moi - Tu veux que je te raconte une histoire ?

Elle- Ben oui, j'aime bien quand tu me racontes une histoire avant de m'endormir.

Moi- Bien ! Tu veux une histoire avec une princesse et une méchante reine ?

Elle- Non ! Plutôt une histoire sans méchante reine mais avec une princesse qui a un amoureux.

Moi- Tu veux donc que je te raconte une histoire d'amour ?

Elle- Oui, je pense que c'est mieux pour bien dormir après.

Moi- Dans ces conditions je vais te raconter l'histoire de la princesse à la fenêtre. Ecoute bien : Il était une fois…

Elle- Ben, ça commence pareil qu'avec la belle au bois dormant ?

Moi- Oui ! Et je n'y peux rien, tous les contes commencent ainsi. Donc je répète : il était   une fois une jeune princesse…

Elle- Elle a quel âge ta princesse ?

Moi- Je ne sais pas, peut-être 17 ou18 ans. Ça te va ?

Elle- Oui ! Tu peux continuer, j'écoute.

Moi- Il était une fois une jeune princesse de 17 ou 18 ans qui...

Elle- Elle est jolie au moins ?

Moi- Mais oui, bien sûr, comme toutes les princesses, avec une belle chevelure noire et…

Elle- Moi, je préfère quand elles sont blondes avec des nattes, ça fait mieux princesse.

Moi- Ok, comme tu voudras. Alors je recommence : il était une fois une jolie princesse de 18 ans qui avait une belle chevelure blonde avec des nattes et qui…

Elle- Tu n'as pas dit de quelle couleur étaient ses yeux.

Moi - Ils sont bleus, comme chez toutes les princesses. Mais écoute, si tu continues à m'interrompre à chaque fois, tu ne connaitras jamais la fin de l'histoire.

Elle- Bien ! Et ça se passe à quelle époque cette histoire ?

Moi- Ben, au Moyen Âge, comme toujours dans les contes. Je disais donc que cette jeune princesse à la chevelure blonde et aux yeux bleus et qui a 18 ans   habitait un vieux château du Moyen Âge dans un pays lointain.

Elle- Pourquoi il est vieux le château ?

Moi- Sans doute parce que c'est une propriété de famille.

Elle- Et elle est seule dans ce château ?

Moi- Non, elle vit avec son père, le roi, qui est vieux aussi.

Elle-Eh bien, ça ne doit pas être marrant pour elle, la pauvre gamine.

Moi- Et c'est justement parce que ce n'est pas marrant qu'elle regarde toute la journée par la fenêtre pour voir ce qui se passe dehors. Elle n'a rien d'autre à faire comme occupation.

Elle- Elle n'a pas la radio ou la télé ?

Moi- Non ! Au Moyen Âge ça n'existait pas encore. Donc elle est toujours à sa fenêtre et c'est comme cela qu'elle le voit tous les jours.

Elle- Qui ça ?

Moi- Ben, son amoureux qui n'est pas encore son amoureux mais qui va vite le devenir.

Elle- Et il fait quoi son amoureux qui ne l'est pas encore ?

Moi- Il est berger et garde ses moutons dans le pré juste sous les fenêtres de la belle princesse qui le regarde chaque jour un peu plus tendrement.

Elle- Il est beau ?

Moi- Oui ! Il est très grand, très musclé avec une belle chevelure rousse et avec des yeux noirs qui regardent bien plus souvent la princesse que ses moutons.

Elle- Je sens que l'histoire d'amour est bien partie !

Moi- Tu as deviné juste. Car très vite la belle princesse voudrait bien épouser le beau jeune berger, mais son père le roi ne veut pas. Il a prévu de marier sa fille avec un noble qui est bossu et qui louche, mais qui est très riche contrairement au jeune berger qui est très pauvre. Tu me suis ?

Elle -Très bien, continue !

Moi- Alors la jeune princesse dit à son père que pour elle il n'est pas question d'épouser le vieux machin, qu'elle préfère rester vieille-fille et elle fait une grosse colère. Ce que voyant, son père, le roi, l'enferme à clé dans sa chambre.

Elle- Et le berger il fait quoi ?

Moi- Il ne fait rien, mais il est très triste car il ne peut pas intervenir. Alors, le jour de la Saint-Valentin, pour oublier son chagrin et pour clarifier la situation, il envoie à la princesse avec son lance-pierre un message dans lequel il lui écrit : « Je pars à la guerre, mais je reviendrai, attends-moi ! » Lorsqu'elle lit le message, la princesse est toute triste, elle aussi, mais elle a beaucoup de courage. Alors sans perdre de temps elle s'installe aussitôt à sa fenêtre pour être certaine de ne pas *le louper* le jour où son amoureux va revenir de guerre.

Elle- Mais dis-moi, il sait écrire ce garçon ?

Moi- Oui, sans doute. Mais c'est un détail. Le plus important c'est qu'il part pour la guerre dans un pays très très lointain. Il veut aller tuer les méchants qui y habitent.

Elle- Pourquoi ils sont méchants ?

Moi- Ça, on ne sait pas. Mais dans les histoires quand il y a des gentils, il y a toujours des méchants et en principe à la fin, ce sont les gentils qui gagnent.

Elle- Et il emporte une mitraillette avec lui ?

Moi- Non ! Au Moyen Âge il n'a qu'une épée et c'est bien suffisant car il est très adroit et sait bien s'en servir. Sur place il tue tellement de méchants que pour le récompenser, il est fait chevalier et gagne ainsi beaucoup d'argent. Dès lors il se dit qu'il peut rentrer au pays et demander la princesse en mariage à son père, le vieux roi, qui ne voulait pas de lui quand il était pauvre. Avec tout le fric qu'il ramène il est certain que *le vieux,* cette fois, sera d'accord.

Elle- Et alors ?

Moi- Alors, ce 14 février au matin, un an jour pour jour après son départ, la princesse, toujours assise à sa fenêtre depuis de longs mois, voit au loin un cavalier qui avance vers le château et d'un coup, même sans ses lunettes, elle reconnaît la chevelure rousse de son amoureux qui flamboie dans le soleil. N'y tenant plus elle sort pieds nus du château et court vers son amoureux pour l'embrasser. Ça faisait longtemps qu'elle en avait envie.

Elle- Mais que fait le roi pendant ce temps ?

Moi- Rien ! Il est mort et c'est bien pratique, car les deux amoureux n'ont plus l'obligation en ce jour de Saint-Valentin de demander la permission de se marier. On fit dans les semaines qui suivirent une très belle fête au château avec tous les habitants du coin, on dansa, on but, on mangea. La princesse et le berger- chevalier se marièrent, ils vécurent heureux et eurent beaucoup d'enfants.

Elle- Combien ils en ont eu ?

Moi- On ne le dit pas. Mais quand on aime on ne compte pas.

Elle- Dommage, j'aurais bien aimé savoir.

Moi-Voilà mon histoire est finie. Ça t'a plu ?

Elle- Oui ! Elle était très belle ton histoire. Merci ! J'aimerais bien être une princesse du Moyen Âge, moi aussi !

Moi- Maintenant je vais éteindre ta lumière, il est temps de faire un gros dodo. Je te souhaite une bonne nuit. Fais de beaux rêves. Je te dis à demain.

Dors bien, Mamie chérie !!!

Jeux Floraux des Pyrénées

Anthologie 2018

LA MERIDIENNE DU MONDE RURAL

Baiser mortel

par Magali François

C'était le temps des troubadours et des trouvères. Les cours d'amour avaient franchi la Loire et les jeunes filles composaient des vers en soupirant et rêvant à l'amour.

La légende raconte que Marguerite, jeune jouvencelle, servante dans un château comme sa mère et, encore avant, la mère de sa mère, ne pensait plus qu'au fier chevalier Aucassin, vassal du seigneur de Cahors.

La légende raconte que ce dernier, invité à la cour du bon Roy René, Comte de Provence, pour la foire de Pâques et ses festivités, quitta son fief du Quercy par un froid matin de mars. Le Lot semblait cracher un brouillard épais offrant une nappe de mystère aux forêts de chênes.

Aucassin chevauchait aux côtés de son suzerain, insouciant de jeunesse, pressé de découvrir la douceur de vivre de Provence.

Le banquet organisé pour l'arrivée de la cour quercynoise fut somptueux. Marguerite n'avait jamais rien connu de pareil. Le son des vielles l'enchantait. Les riches velours des robes portées par les dames l'émerveillaient. Elle se plaisait à rêver qu'un jour, elle aussi pourrait se parer de brocarts. Elle allait, de convive en convive, portant des plateaux lourds de gobelets d'argent contenant un enivrant nectar lorsqu'Aucassin apparut, comme par magie, de derrière une épaisse tenture. Leurs regards se croisèrent. Il sourit à la jeune fille, attrapa un verre et disparut. Ce simple regard avait suffit à Marguerite pour comprendre que son cœur appartenait désormais au jeune homme. Elle espionna les conversations et parvint à apprendre le nom de celui qu'elle n'oublierait jamais et qui lui avait volé son cœur, Aucassin.

Cependant, les fêtes de Pâques ne duraient qu'un temps et le seigneur de Cahors repartit vers son fief, entraînant sa cour et Aucassin dans son sillage. Marguerite ne pouvait concevoir de continuer à vivre privée de sa présence. Même les confiseries confectionnées par sa grand-mère et la douce lumière inondant les contreforts de la Sainte Victoire ne parvenaient pas à lui rendre son sourire. Seul le désir de le revoir lui importait et tant pis s'il devait en aimer d'autres. Elle se doutait bien qu'il l'aurait oubliée mais l'apercevoir suffirait à son bonheur. Alors, un matin d'été, elle décida de partir en pèlerinage à Rocamadour afin de prier la Sainte Vierge au rocher pour qu'elle lui permette de revoir celui qui occupait ses pensées et faisait battre son cœur.

Le voyage ne fut pas de tout repos. Il fallut renoncer à la vie paisible qu'elle menait à la cour, se lancer sur les routes de l'inconnu, se cacher des brigands et dompter sa peur face aux hurlements des loups.

Mais, toujours le souvenir du sourire d'Aucassin venait lui redonner courage. Elle voulait croire aux miracles et, peut-être qu'avec l'aide de la Vierge, elle rejoindrait l'être aimé.

Lorsqu'enfin elle parvint face au rocher, la jeune fille usa ses genoux à force de prières et pleura de reconnaissance. Hélas, les voies du ciel sont parfois impénétrables et, au lieu de voir apparaître un ange, ce fut le Diable qui se présenta à Marguerite. Ce qu'il lui proposa était simple : son âme en échange d'un baiser du beau chevalier. Séchant ses larmes, aveugle d'amour, elle accepta le pacte. Elle était jeune et pensait que l'heure du trépas était encore lointaine. Alors, comme par magie, elle se retrouva transportée au milieu d'un pont majestueux, composé de huit arches, dominé par trois tours, et enjambant le Lot. La brume recouvrait le paysage environnant. Marguerite entendit résonner les sabots d'un cheval sur les dalles du pont. Apparu comme par magie, Aucassin se tenait devant elle, si grand, si beau, arborant ce sourire qui hantait ses nuits. Il descendit de cheval, avança vers la jeune fille et l'enveloppa de ses bras tandis que ses lèvres se posaient sur les siennes. Leur baiser sembla durer une éternité mais le Diable n'oubliait jamais les promesses qui lui étaient faites. Lorsque Marguerite rouvrit les yeux, le beau chevalier avait disparu. Son cœur se mit à saigner et elle glissa doucement sur les dalles humides du pont.

Si, un jour, vous passez par Cahors, allez jusqu'à ce pont devenu célèbre. Si vous n'apercevez pas les fantômes des amants d'un instant, vous y verrez le Diable à la fenêtre de l'une des tours, riant de la naïveté des jeunes filles amoureuses, symbolisant ainsi pour toujours les diableries de l'Amour.

RECUEIL

JEUX FLORAUX DES PYRÉNÉES

Anthologie 2023

*La Méridienne
du Monde Rural*

Houuu ! La bête !

par Catherine Morin

J'habite ces lieux depuis bien longtemps. J'aime cette montagne toute en rondeur qui détient en son cœur un sacré secret, celui de la date de sa prochaine irruption qui aura lieu ou pas de son feu volcanique Elle est appelée ici la Montagne de Feu. Les hommes, pour se rassurer, disent qu'elle s'est endormie pour bien longtemps…

Nous sommes au Moyen Age et il y a tant de choses inconnues autour de nous. Les mystères, les légendes permettent de vivre tranquillement, aussi je préfère me taire bien que je sois en connivence avec de nombreux d'entre eux. Il m'arrive pourtant, fréquemment, de faire des escapades dans la vallée. Ici j'apprécie de nombreuses plantes, celles traitées d'empoisonneuses, d'autres considérées comme médicinales ou encore celles qui se contentent d'être belles.

J'ai beau apprécier ces herbes folles, aimer les pierres de lave rejetées par le cratère, je finis par être intrigué surtout par ces grands animaux qui se déplacent sur leurs pattes arrières, les hommes. Ils se sont regroupés, organisés comme des fourmis, afin de se nourrir, de se protéger des prédateurs, de prospérer, d'échanger leurs malheurs et leurs joies. Ils ont progressivement formé des bourgs. Je vais malgré tout quitter mes broussailles, là où j'adore me cacher, près de la cascade. Je sais que je vais aller de surprise en surprise, je suis si différent de tout ce qui m'entoure. On m'a toujours averti de la méfiance de ces habitants face à ce qu'ils ne connaissent pas et répété que je devais être prudent afin de ne pas les effrayer.

Je décide de me glisser derrière une petite bâtisse, une église entourée de maisons modestes, regroupées comme des poussins autour de leur mère nourricière. Il est vrai qu'ici il y fait souvent froid et que l'on n'est jamais à l'abri d'une bande de voleurs. Mieux vaut se rassembler par ces temps difficiles. Je vais profiter de la nuit pour commencer mon exploration. Je la contourne à pas de loup. Qu'elle est étonnante cette chapelle avec sa frise de couleurs contant la vie des personnages célèbres ici, à l'aspect bienveillant. Plus troublants sont ces animaux fabuleux qui surgissent de la pierre, des griffons à tête d'aigle, des serpents à longue queue. Je suis rassuré aucun ne me ressemble. Je préférerais être l'allégorie d'un être qui apporte le réconfort. Brusquement une petite surprise ! Un tailleur de pierre facétieux a gravé au dos d'une colonne son portrait rieur pour l'éternité Tout près, une croix en dentelle de pierre, se dresse pour rappeler que l'on s'est débarrassé de l'épidémie de peste. Maintenant que les étoiles vont s'éteindre une à une, les lapins vont regagner leur tanière tandis que les fleurs vont s'ouvrir pour appeler leurs papillons préférés. Je vais pouvoir profiter du matin.

Les vaches appellent leurs petits encore tremblants, le cheval se demande quelle charrette va- t-il devoir tirer, l'âne essaie de nouvelles ruades, quant au coq, il salue ses poulettes. La vie campagnarde va commencer. A moi de me nicher dans un buisson, c'est l'heure où tout s'apprête à vivre une bonne journée. Les enfants quittent un à un leur fragile maison aux murs de torchis. Vont-ils aller directement aux champs, ou aider le ferronnier du coin ? Tout d'abord ils se rassemblent, s'échangent leur dernière histoire de loup racontée par les anciens. L'un d'entre eux se vante d'avoir vu une oreille velue derrière l'épicéa. Me serai-je mal caché ? Il me faut être prudent ! Maintenant c'est au tour des femmes de déambuler avec leur charrette, elles vont vers le lavoir, pressées déchanger leurs petites histoires mijotées sur les braises des confidences. Certaines confient avoir vu une silhouette furtive se glisser dans leurs insomnies. Il ne peut s'agir de moi car la nuit j'ai autre chose à faire qu'à me mêler des préoccupations des inconnues. Les hommes se saluent fraternellement avant d'entrer dans leurs échoppes respectives. Facile d'identifier leur activité, il suffit de lever le nez. Au sommet de chaque façade d'atelier on y découvre, suspendue sous forme d'enseigne en fer forgé, tantôt une paire de ciseaux, un fer à cheval ou encore celle d'une auberge toute en bois nommée « au banquet des troubadours ». Certains portent fièrement leur arbalète. Ont-ils peur d'être attaqués par quelque sanglier ou autre bête sauvage ? Auraient-ils quelques réminiscences des légendes qui avaient effrayé leur jeunesse ? Certains disent entendre parfois, à leur passage, des bruits de feuilles froissées.

Bientôt je capte au loin, puis de plus en plus près, des bruits qui me sont inconnus, certains m'évoquent ceux perçus lorsque les bucherons abattent les grands arbres, d'autres plus cristallins, ceux des oiseaux annonçant le lever du jour. Je distingue même, j'en suis sûr, des rires et des chants. Quel vacarme ! Je cache ma petite queue, rabats mes oreilles, me blottis derrière la vieille cheminée qui s'écroule pierre après pierre. Déboule dans le chemin une bande d'hommes, de femmes, d'enfants. Tous traînent des guenilles de couleurs criardes, des chapeaux branlants, des fichus à grelots. La plupart marchent pieds nus, sautent, tourbillonnent, jouent des airs de musique joyeux. L'un d'entre eux a un habit étrange réalisé à partir de petits triangles multicolores. Tout le monde est maintenant dehors et crie « voilà les bohémiens, venez tous, la fête arrive » Je tremble de peur, mais je les trouve très agiles, certains jonglent avec des petites balles de toutes les couleurs, tandis que d'autres taquinent leur tambourin ou pincent les cordes de drôles d'instruments. J'aperçois même un petit singe déguisé juché sur l'épaule de l'un d'eux. Il m'aperçoit et me fait un clin d'œil complice. Je me dis que ça valait la peine d'avoir pris des risques et je le salue à mon tour. J'ai envie de participer à ce drôle cortège et sors patte après patte de ma cachette.

Nous voilà tous deux, saluant les badauds, effectuant des galipettes, les entraînant les uns après les autres dans une ronde tourbillonnante mais soudain…un vieil ermite, décharné et loqueteux, réveillé par un tel vacarme, surgit, furieux de ce dérangement. Il me pointe de ses doigts aux ongles crochus comme des serres et se met à crier « le voilà le monstre, la bête, depuis que je vous dis qu'elle est là et qu'elle nous observe, tremblez braves gens ! La fête est finie ! » Tous se sauvent, se cachent, qui dans un tonneau, qui au fin fond de l'étable. Je n'ai plus qu'à déguerpir, la queue basse.
Je pense tristement que cette imprudence va donner lieu à une légende… Elle perdurera au travers des prochains siècles, celle de la bête du Gévaudan.

La Fée du lac

(d'après une légende de Savoie, région d'Annecy)

par Jean-Claude Rey

Au début du Moyen Âge, un roitelet local désirait épouser une noble princesse d'origine burgonde nommée Hildegarde. Le père de la fille, qui savait le souverain cruel et débauché, s'opposait de toute son énergie à ce mariage. Il fut arrêté, accusé de sorcellerie (il avoua sous la torture) et brûlé vif. Ses cendres furent jetées dans le lac voisin.

Le roi réitéra sa demande. Il l'assortit d'une menace à peine voilée concernant la famille de la princesse, en cas de nouveau refus. Hildegarde céda, mais horrifiée par la conduite de son mari, elle chercha à fuir. Le roi la fit enfermer dans la plus ancienne tour de son château (qui prit plus tard le nom de « Tour de la Reine »).

Un garde dévoué à Hildegarde lui apprit que sa mère et sa sœur s'étaient réfugiées dans un canton suisse. La nuit suivante, avec l'aide du garde complice, elle réussit à s'échapper de la forteresse ; mais le roi, bientôt averti, se lança à sa poursuite avec ses hommes.

Au petit matin, Hildegarde se retrouva cernée de toutes parts, sur la falaise du Roc de Chère, un à-pic de 40 mètres au-dessus du lac. Soudain, il lui sembla entendre la voix de son père :

« Vite, rejoins-moi, ma fille ! »

Sans hésiter elle sauta et disparut.

Les bateliers de Talloires eurent beau chercher dans les anfractuosités des rochers, plonger, sonder, lancer des filets, on ne retrouva pas la reine.

La légende prétend que, devenue par magie Fée du lac, elle se cacha dans une grotte souterraine inaccessible aux humains. Depuis, de nombreux noyés ont disparu sans qu'on réussisse à les localiser.

Pour les riverains, pas de doute : c'est la Fée du lac qui les a recueillis, puis qui leur a rendu la vie en les transformant en beaux cygnes. Elle leur permet de conserver leurs souvenirs humains tant qu'ils ne tentent pas de s'envoler et de quitter le lac. Elle les aide à se nourrir et chante pour eux des mélodies qu'ils sont seuls à entendre.

Les cygnes se mettent alors à glisser en cadence, à tourner de concert, offrant l'image d'un harmonieux ensemble sur l'onde frémissante.

Les deux villages qui encadrent le Roc de Chère, Menthon Saint-Bernard et Talloires devinrent à la mode dans la deuxième moitié du dix-neuvième siècle : Renan, Hérédia, Gide, Taine, André Theuriet, Marie Bashkirtseff, Cézanne y séjournèrent.

Par contre, aucun historien ne mentionne l'escapade qu'y fit, incognito, le grand compositeur russe Piotr Tchaïkovski. En mal d'inspiration, déprimé, le musicien décida de passer quelques jours au bord du lac. A Talloires, il loua une barque. L'idée funeste de rejoindre la Fée lui effleura-t-elle l'esprit ? Nul ne peut le dire.

Au large, un cygne s'approcha de son embarcation. Le compositeur, à la sensibilité exacerbée crut découvrir, derrière le regard de l'oiseau l'âme d'un humain. L'homme et le cygne voguèrent côte à côte un long moment. Soudain, Piotr Tchaïkovski eut la certitude d'entendre, venant du fond de l'eau, une musique enchanteresse... Il ferma les yeux. Quand il les rouvrit, le cygne s'était éloigné.

De retour sur terre, le musicien s'empressa de transcrire les mélodies qui l'avaient tant charmé.

Sur cette musique, lui vint peu après l'idée d'un ballet.

Ainsi serait né « Le lac des cygnes ». Le danseur étoile du Bolchoï, Vassili Fiodorovitch Gelzer, ami intime de Piotr, l'affirme dans une lettre* adressée à son frère ; mais on n'est pas obligé de le croire.

Bibliothèque de l'Hermitage, St Petersbourg - Manuscrits autographes, domaine musical.

Chat perché au Moyen Âge

par Philippe de Lacvivier

— Nous sommes maudits, avec ce soleil qui ne cesse de darder ses rayons sans qu'une seule goutte de pluie ne daigne tomber du ciel !

— Bon voisin, il n'y a pas si longtemps, vous vous plaigniez de ne le plus voir, ce soleil, et de ce qu'il pleuvait sans arrêt… répondit une jeune et douce voix, dont le calme contrastait avec l'ire de son interlocuteur.

— Tu n'as pas les pieds sur terre, Angéline ! vociféra à nouveau le colosse d'un mètre quatre-vingts aux épaules plus larges que le berceau des cornes d'un bœuf mirandais. Les pluies diluviennes de l'automne ont retardé les semailles, le gel de l'hiver a détruit les blés à peine levés, la dureté du sol a empêché tout tallage, l'humidité du printemps a fait pourrir sur pied le peu de grains qui avait montré le bout de sa barbe… Et voici que, nos greniers déjà vides, le soleil et la sécheresse brûlent nos légumes et grillent jusqu'à nos ceps de vignes… ! Les raisins n'ont que la peau sur les pépins, et même les renards n'ont plus rien à chaparder… C'est la famine, Angéline, la famine, te dis-je !

L'accent de désespoir par lequel s'achevait cette tirade émut la jeune fille qui, du haut de ses seize ans et orpheline, avait toujours eu de quoi pleurer tout son content. Le cœur lourd, son impuissance la réduisit au silence, et le dialogue s'arrêta net.

Angéline reprit son chemin à travers les ruelles pavées du village. Que pouvait-elle faire contre les calamités, elle qui n'avait ni force, ni fortune ? Dans son besoin de réconfort, elle empoigna un chat qui passait par là, un mâle roux au poil épais, qui la connaissait aussi bien qu'elle le connaissait. Une fois le séant sur le bras gauche de la demoiselle et les deux pattes antérieures sur son épaule, le félin poussa un miaulement et rabattit les oreilles sous les douces caresses de sa protectrice.

L'orpheline continuait son chemin, le chat dans les bras, tandis que deux autres félins lui emboîtèrent le pas, sous le regard bienveillant des habitants qui veillaient sur le pas de leurs portes.

— Voilà bien notre petite Angéline… ! soupira, attendrie, une dame fort âgée, espérant la délivrance de la mort comme d'autres attendaient la rosée du ciel.

— Mais il lui sera difficile, les mois prochains, de trouver de quoi nourrir ses amis à moustaches… renchérit un passant, habitué à voir la jeune fille gâter tous les chats de la contrée, qui se multipliaient volontiers grâce à de si bons offices.

Quelques dizaines de mètres devant Angéline se dressait un haut et fier clocher, construit vingt années plus tôt. Ce que les villageois de La Romieu étaient fiers de leur collégiale, si claire, si belle et si haute… ! Elle incarnait une richesse héritée de la papauté d'Avignon, qui avait multiplié les évêchés et les cardinaux en Gascogne et Guyenne. Que ne pouvait-elle donc obtenir du Ciel l'eau bienfaitrice… ?

Mais les paroissiens prièrent tant et si bien pour implorer de la pluie, qu'ils en eurent plus qu'il n'en fallait, sans discontinuer, de la mi-septembre à la mi-avril. Elle se mit à tomber trop tard, ne pouvant régénérer les plantes qui avaient déjà toutes dépéri. Et elle dura bien trop longtemps. Les précipitations supposées bienfaitrices, devinrent un fléau de plus, lorsque toutes semailles s'avérèrent à peu près impossibles…

— Les greniers étaient déjà presque vides quelques semaines après les dernières moissons… ! s'exclama Pierre, brave artisan qui avait, avec son épouse Jacquette, recueilli Angéline lorsque sa mère fut morte.

Dès le printemps, la disette, que l'on savait devoir être longue, imposait à La Romieu une atmosphère de fébrile inquiétude. Arnaud, seigneur du lieu, ne spécula pas sur la misère, de même que les chanoines du chapitre : leurs réserves furent mises à la disposition des habitants, sans distinction. Ils cherchèrent évidemment à acheter du blé ailleurs, mais toute la province était frappée du même désastre… Et une nouvelle sécheresse dominait l'été, l'herbe se faisant jaune, puis inexistante sous la dent des troupeaux.

Jours, semaines et mois passèrent. Il ne restait plus que le blé strictement indispensable aux prochaines semailles, et même moins que ça.
— Autant le manger jusqu'au dernier grain, plutôt que de mourir de faim dès maintenant ! disaient certains.
— Vous n'y pensez pas, ce serait un suicide collectif, répondaient d'autres.
— Et que proposez-vous donc de mieux ?… Nous n'avons plus rien à ingérer.
Les fruitiers avaient subi de plein fouet les gelées printanières. Les cheptels, faute de mieux, avaient été abattus et les basse-cours réduites à leur strict minimum ; on allait s'attaquer à leurs derniers survivants. Il ne restait plus un seul laiteron ni pissenlit dans toute la campagne, et pas même une seule feuille de pourpier. Aucun champignon ne paraissait plus. Les racines comestibles avaient toutes été déterrées. Le gibier, qui sans doute mourait lui aussi de faim, semblait avoir été épuisé à vingt lieues à la ronde. Le vin d'il y a deux ans, quand il en restait, avait déjà tourné au vinaigre.
Soudain passèrent deux chats dans la rue principale du bourg, entre deux rangées de voisins aussi soucieux que désemparés.
— Les chats… ! s'enthousiasma un bonhomme aux longues boucles brunes. Et vive la gibelotte !

Il s'empara d'une fourche à fumier déposée contre une façade, et il s'en servit comme d'un trident contre le félin le plus proche. Surpris, l'animal qui n'avait jamais connu de mauvais traitements, mais seulement les aimables caresses d'Angéline, ne sut esquiver l'attaque : ce chat fut le premier de La Romieu à terminer au pot, en fricassée.

Ce fut une cohue inimaginable, pendant plusieurs semaines, et un bien triste spectacle, que de voir la populace mobiliser toutes ses énergies pour chasser et dévorer jusqu'au dernier chat du pays.

— Êtes-vous fous ! ressaisissez-vous ! criait en vain la pauvre Angéline, éplorée.

Ses parents adoptifs, pris entre deux feux, la plaignaient, sans pouvoir défendre sa cause.

— Vous ne pouvez laisser faire un tel carnage !

— Entre mort d'hommes et mort de chats, comment ne pas préférer la seconde ? objectait Pierre avec la voix de la raison.

Devant la mine renfrognée et attristée de la petite, la maîtresse de maison fut contrainte de concéder :

— Allons… ne fais pas cette tête de dépit, Angéline… Prends-toi un couple de chats et enferme-le au grenier : sois discrète, plus question de dormir avec tes félins ou de t'exhiber avec !

Aussitôt dit, aussitôt fait. L'orpheline était trop heureuse de pouvoir sauver ne serait-ce que deux de ses compagnons à poils. Elle enferma dans les combles une chatte et un chat, pendant que le voisinage éliminait jusqu'aux ultimes chatons :

— Mes minous, restez sagement là, sans jamais miauler… Vous êtes des chats perchés et restez-le : si vous descendez, vous êtes pris, et perdus.

Le temps passa.

Si les habitants de La Romieu se félicitèrent d'avoir survécu à la pire famine de leur histoire grâce au civet de chat, Angéline gardait quant à elle une mélancolie affligeante, à peine tempérée par la consolation d'avoir abrité deux fugitifs au dernier niveau de la maison de Pierre et Jacquette, deux fugitifs qui avaient déjà eu des petits dont il devenait de plus en plus difficile de dissimuler les ébats et les « miaou ».

La prospérité générale sembla revenir. Enfin put-on semer, enfin le temps fut-il clément et propice, enfin la moisson s'avéra-t-elle abondante ! Les bénédictions divines se faisaient de nouveau sentir, jusqu'à ce que…

…Jusqu'à ce que les greniers débordant de blés, débordèrent bientôt aussi de rats, souris, mulots et autres campagnols.

— Quelle infestation ! Tous les exorcistes de la province ne suffiraient pas à nous en délivrer !

On ne remuait plus une pelletée de blé, sans qu'il n'en jaillisse une cohorte de nuisibles. Le grain disparaissait plus vite dans la gueule des rats que sous l'effet de la pourriture des années passées… À un tel rythme, le meunier craignait de ne plus pouvoir alimenter son moulin sous quelques semaines.

— Ah ! si nous n'avions pas mangé en ragoût tous les chats de la région… ! regretta une bonne âme, en regardant Angéline arpenter, profil bas, une ruelle étroite.

Ce fut comme un éclair dans l'esprit de l'orpheline. Pour la première fois depuis de nombreux mois, elle releva la tête et un large sourire de contentement auréola son visage. Elle courut jusque chez Pierre et Jacquette, ses bienfaiteurs, et monta quatre à quatre les escaliers de l'immeuble avant de gravir l'échelle des combles d'un seul bond, comme en volant. Elle en ouvrit la trappe et invita ses félins à sortir, les lâchant dans le village : là, ils s'en donnèrent à cœur joie de parcourir tous les greniers, dont les rats furent tôt délogés. Ce jeu du chat et de la souris ne laissa aucune chance aux ravageurs. La nature est ainsi faite !

— Dieu soit béni ! s'extasiait-on de toutes parts dans le voisinage. Et vive Angéline !

La jeune femme exultait. Elle pouvait reprendre au grand jour son compagnonnage félin et veiller à l'opulence de ses petits protégés.

Au fil des ans, à en croire les habitants du lieu, sa tête s'arrondit, ses oreilles s'allongèrent en pointe, son nez rapetissa et ses yeux s'étirèrent.

Et vous, gents voyageurs de nos siècles futurs,
À la recherche de beautés et d'air plus purs,
Si vous apercevez notre bonne Angéline,
Ne soyez pas surpris de la voir si féline !
Et prenez-vous donc à jouer à chat perché :
La survie peut venir de deux félins cachés.

Peste soit de cette vermine !

par Nadège Solet

Les nuées sombres et menaçantes s'ouvrent brusquement, et, gueule ouverte, yeux exorbités, il chute et se précipite sur moi comme s'il voulait m'engloutir. Je me débats et me réveille dans ce cagibi, bien loin ce jourd'hui de ces horreurs que j'ai laissées derrière moi ; du moins à ce que je crois… Mon cœur bat la chamade, et je me répète en boucle que je suis en France, en sécurité, que tout va bien. Mais… quel est ce râle d'agonie et cette odeur fétide qui me parviennent ? Je risque un œil inquiet vers mon hôte qui s'agite sur son grabat de paille. Le spectacle de sa carcasse convulsée me rappelle d'autres corps ravagés par la maladie…
Et je revis avec angoisse cette journée de terreur…

Quel horrible matin que celui-là, où le Ciel, enfin plutôt l'Enfer, nous est tombé sur la tête. Pourtant, ce fameux jour, l'espoir est dans tous les cœurs. Les potins, les on-dit circulent à qui mieux mieux, et colportent des perspectives de négociations, de trêve. Dans les rues, c'est l'effervescence, et il suffit de tendre l'oreille (que j'ai très fine) pour recueillir des nouvelles de bon augure. Nous voilà tous à espérer que ce trop long calvaire s'achève. Peut-être allons-nous enfin manger à notre faim et grignoter autre chose que des farines infestées de charançons et des bouts de gras avariés (quand on a la chance d'en trouver !) ? Mais nos ennemis acculés ont une dernière *mauvaiseté* à nous offrir…

J'entends provenant de la grand-rue des cris, des hurlements accompagnés du grondement caractéristique des catapultes à nouveau en action. Je lève le museau et entraperçois des projectiles, que, dans un premier temps, je ne comprends pas. On dirait des marionnettes, des épouvantails, vagues formes humaines qui tournoient vers nous et commencent à s'écraser de tous côtés avec un écœurant bruit mou. Aussitôt, des remugles de putréfaction envahissent chaque recoin de la cité. C'est l'horreur la plus absolue : ils nous envoient les restes de leurs cadavres atteints de je ne sais quelle abominable maladie. Quelques courageux se sont regroupés et tentent de rejeter ces charognes à la mer. Mais, leurs tentatives restent vaines devant le nombre de corps qui s'entassent trop rapidement. Je galope me mettre à l'abri dans l'auberge où j'ai mes quartiers. Les marchands génois qui y logent organisent leur départ de longue date. Des caraques les attendent prêtes à appareiller. Et en effet, quelques jours plus tard, l'espoir d'une trêve est bien devenu réalité. Voilà une opportunité que je ne peux laisser échapper, aussi je me faufile à leur suite, bien décidé à profiter de l'aubaine. En tapinois, je réussis ainsi à prendre la mer. Peu importe la destination, pourvu que je quitte cet endroit cauchemardesque. Mais, la traversée est loin d'être de tout repos. Après deux années de siège, je pensais avoir vu le pire… eh bien non ! Ce sont d'autres tourments, et pas plus réjouissants, que nous devons affronter. De furieuses tempêtes qui manquent de démâter notre embarcation, et nous faire chavirer ; le manque d'eau potable ; des denrées restreintes et immangeables, (même pour moi qui ne suis pas vraiment difficile) ; des corps entassés dans les cales exhalant une odeur insoutenable. On patauge dans les excréments. De plus, très rapidement, les décès commencent à s'accumuler, et on manque de toile pour envelopper les corps et les confier à la mer. Les escales se succèdent : Constantinople, Gênes, Venise, Messine, et la plupart du temps, on nous repousse et nous interdit l'entrée au port.

Mais, un coup de chance (?) nous permet, par on ne sait quel miracle, ou plus sûrement par un graissage de pattes conséquent, de débarquer à Marseille. Nous sommes tous soulagés de pouvoir enfin mettre pied à terre et nous croyons à la fin de notre supplice.

Je découvre les rues de cette magnifique cité, carrefour de maintes civilisations qui s'y côtoient et y entretiennent un commerce florissant. Et surtout, j'y trouve de la nourriture à profusion (que je peux rapiner sans trop de mal) de jolies ribaudes à biscoter (j'édulcore pour ne pas écorcher vos nobles oreilles) et des effluves presque supportables (tout est relatif) au regard de ceux que nous avons croisés. Car il faut bien l'avouer Marseille *puire* un peu (beaucoup), mais pas autant que Caffa (d'où nous venons, en Crimée) et encore moins que ce maudit rafiot. Enfin la belle vie !… Malheureusement pas pour longtemps…

Voilà à peine quelques jours que j'ai posé la patte en France, que déjà l'image idyllique de ce pays de cocagne commence à se fissurer. Et la première manifestation en est la dégradation rapide de la santé de mon hôte. *Lors* devant ce pauvre hère moribond, un début de panique me gagne, ainsi qu'un horrible doute… Et le doute s'estompe rapidement pour laisser place à une certitude. Cette terrible maladie nous a accompagnés, et la contagion se répand comme feu de paille, semant un nombre de décès effrayant sur son passage.
Colportée par mes petits parasites, la Mort Noire commence ses ravages en France, ce mois de novembre 1347, où elle est entrée par le port de Marseille, sur mon humble dos de rongeur innocent.

Arlette HOMS

Des fantômes du passé
à Cropières

www.lameridiennedumonderural.fr

Le chemin de la vie

par Jean-Paul Lefebvre

1348, Avignon

Le parfum entêtant des herbes brûlées flottait dans les rues désertes. La ville, autrefois grouillante de marchands et de pèlerins venus chercher la bénédiction du pape, n'était plus qu'un immense cimetière à ciel ouvert. Des chariots avec de nombreux cadavres passaient lentement, suivis de prêtres récitant des prières que plus personne n'écoutait.

Isabeau referma la porte de la maison familiale avec précaution. Elle enfonça sa capuche sur ses cheveux sombres et prit une profonde inspiration. Cela faisait trois jours qu'elle n'avait pas osé mettre un pied dehors. Trois jours à veiller son père, trois jours à espérer un miracle qui n'était jamais venu.

La peste était partout.

Elle marcha rapidement dans les ruelles, évitant les regards, ses pas la menant instinctivement vers le quartier des teinturiers. Là, dans une petite maison au toit de tuiles brunes, vivait Thomas.

Elle frappa trois coups à la porte. Un silence. Puis le bruit de pas précipités.

— Isabeau ?

La porte s'ouvrit légèrement et Thomas passa la tête, les traits tirés, le regard inquiet.

— Tu ne devrais pas être là…

— Je n'avais pas le choix.

Il l'observa un instant, puis s'écarta pour la laisser entrer.

La pièce était sombre, éclairée seulement par une chandelle à moitié consumée. Une odeur d'herbes médicinales flottait dans l'air. Sur une table, plusieurs fioles et des parchemins gribouillés.

— Tu travailles encore ? demanda-t-elle en effleurant les manuscrits.

— J'essaie de comprendre… De trouver un moyen d'arrêter cette malédiction.

Thomas n'était pas seulement teinturier, il était aussi l'apprenti du médecin juif d'Avignon, un vieil homme sage qui prétendait que la peste ne venait pas d'un châtiment divin, mais de l'air corrompu et des rats grouillant dans les rues. Isabeau ne savait pas qui croire.

— Mon père est mort ce matin.

Thomas serra les poings.

— Je suis désolé.

Elle hocha la tête, incapable de parler. Puis, soudain, sans réfléchir, elle s'effondra dans ses bras.

Thomas la serra contre lui. Elle sentit la chaleur de son corps, l'odeur familière de la laine de sa cape.

— Fuyons, murmura-t-il.

Elle releva la tête.

— Quoi ?

— Ici, il ne reste plus rien. Le Pape est enfermé dans son palais, les médecins meurent les uns après les autres. Les gens s'entretuent pour un bout de pain moisi. Nous pouvons partir, Isabeau. Suivre le Rhône, gagner les montagnes, vivre loin de tout cela.

Elle hésita.

Avignon était tout ce qu'elle connaissait. Mais Avignon était aussi un tombeau.

Elle prit une inspiration et posa une main sur la joue de Thomas.

— Emmène-moi loin d'ici.

Il sourit et, pour la première fois depuis des semaines, elle sentit un espoir naître en elle.

Le lendemain, ils quittèrent la ville au lever du soleil, emportant avec eux quelques provisions et l'espoir insensé d'un avenir meilleur.
Derrière eux, Avignon continuait d'agoniser.

La traversée des campagnes fut longue et harassante. Chaque village traversé portait les stigmates de la maladie : maisons abandonnées, silences de mort, l'odeur rance des corps oubliés. Isabeau et Thomas voyageaient de nuit, évitant les routes principales, se faufilant entre les champs, là où les corbeaux picoraient les restes de ce que la peste avait emporté.
Leurs forces déclinaient, mais ils tenaient.
Thomas portait Isabeau sur son dos lorsqu'elle n'en pouvait plus.
En effet, Isabeau était fatiguée et ne se sentait pas bien. Tous deux craignaient de voir apparaître les premiers bubons annonciateurs de la peste.
Ils scrutaient sa peau, mais ne remarquèrent rien d'anormal.

Après plusieurs jours d'errance, alors que le froid commençait à s'installer, ils aperçurent un village niché au creux d'une vallée verdoyante. De loin, ils s'attendaient à retrouver le même spectacle qu'ailleurs : ruines et silence. Pourtant, en approchant, ils virent de la fumée s'élever des cheminées, entendirent le murmure des voix et le martèlement d'un marteau sur une enclume.
C'était un miracle.
Le village s'appelait Montfaucon. Protégé par les montagnes, il semblait avoir échappé au fléau. Aucun cadavre dans les rues, aucune marque de la maladie. Les champs étaient cultivés, les animaux broutaient paisiblement.
Les habitants furent méfiants. On ne laissait plus entrer n'importe qui. Mais Thomas, à bout de forces, tomba à genoux devant eux et leur raconta tout : la fuite, la peur, l'espoir fou d'un lieu épargné. Isabeau, elle, restait silencieuse.
Un vieil homme à la barbe blanche, le chef du village, s'approcha.

— Vous n'avez pas l'air malade, dit-il en scrutant leurs visages amaigris.

On leur donna de l'eau, du pain, et on les installa dans une petite chaumière à l'écart, le temps de s'assurer qu'ils n'étaient pas porteurs du mal.

Les jours passèrent et la maladie ne vint pas.

Thomas retrouva ses forces.

Isabeau, elle, était toujours nauséeuse.

Un matin, alors qu'elle tirait de l'eau au puits, un vertige la prit.

Elle posa sa main sur son ventre et comprit.

Elle était enceinte.

Dans une France ravagée par la peste, où la mort rôdait partout, un enfant allait naître, preuve que la vie trouvait toujours un chemin.

Le Mont Tombe

par Fernand Fallou

Quelque part en Norvège au Vème siècle.

Il fait nuit, cela fait plusieurs jours que Magnus et Frida n'ont pas aperçu le soleil.

      Magnus est agenouillé devant un bébé décédé. Frida, à genoux à côté de lui, pleure en silence. Magnus serre très fort dans sa main sa hache qui ne le quitte jamais. Sa colère transparaît dans sa mâchoire serrée et les veines gonflées de ses bras musclés. Cette mort qui vient de prendre la vie de son fils, il est prêt à la combattre, mais il a beau chercher dans cette nuit qui n'en finit pas, dans la campagne, dans la forêt, dans les montagnes et même dans le ciel, la mort se cache, elle ne se montre pas !

Mais cette fois-ci, il est décidé, les anciens du clan lui ont dit que c'est le froid qui a tué son bébé. C'est la deuxième fois. Vers le sud, il va descendre vers le sud où il fait plus chaud!

      Ils sont partis sur la mer du nord de la pointe sud de la Norvège actuelle vers le sud. C'était un petit bateau de pêche en bois et en paille tressée. Dans sa colère contre la mort, Magnus avait fait installer en guise de figure de proue, un "Dreki", une tête de dragon agressive dans la posture du cobra juste avant l'attaque. Il avait un mat avec un espar qui soutenait une voile carrée. Les anciens leur avaient dit que là-bas, les jours et les nuits ne duraient que quelques heures, qu'il pleuvait souvent, et que les Gaulois appelaient les gens qui venaient du nord : "les Normands".

Il y avait du vent, beaucoup de vent, pas toujours dans le bon sens, mais il y avait toujours du vent. Le voyage dura environ trois mois et ils essuyèrent plusieurs tempêtes. Ils vivaient de l'eau de pluie et de leur pêche. Le bateau avait beaucoup souffert de cette longue période sans entretien. Il était temps d'arriver à bon port.

La nuit tombait et le vent se faisait plus violent. La mer devenait de plus en plus grosse et agitée. Des vagues de plusieurs mètres de hauteur se formaient, leurs crêtes, bardées de mousse blanche, se dressaient à perte de vue. La pluie tombait drue, de plus en plus fort, en grosses gouttes comme les prunelles des halliers sauvages des haies épineuses de la campagne. Le vent qui soufflait comme un loup qui hurle à la pleine lune, avait arraché la voile et son espar. Magnus et Frida s'accrochaient comme ils pouvaient au mât du bateau. Maintenant, la nuit était tombée, noire comme le gouffre de Ginnungagap. Le bateau et ses occupants qui balançaient comme un jeu d'enfant étaient à la merci des éléments.

Tout à coup, le bateau heurta quelque chose, sûrement un rocher, la tête du dragon vola en éclats et la paille mouillée se déchira en plusieurs morceaux, Magnus soutenait Frida du mieux qu'il pouvait, mais une vague la lui arracha. Impossible de la voir, impossible de l'entendre. Il s'accrocha au rocher et passa le reste de la nuit, attentif au moindre appel, au moindre cri.

Le jour se leva enfin. La mer se calma et, chose extraordinaire, se retira. Les débris du bateau étaient tout autour du rocher. Pas de trace de Frida. Il scruta la mer qui se retirait au loin. Il crut voir quelque chose d'important que la mer roulait et déroulait.
Il courut à perdre haleine vers cette chose que la mer malmenait. C'était Frida. Elle était morte.
Il poussa un cri de douleur qui s'entendit de l'autre côté de l'océan. Il la ramena jusqu'au rocher et se reposa enfin en la serrant dans ses bras.

Puis il allongea sa compagne sur un endroit sec et plat et explora les alentours. La mer s'était retirée sur plusieurs kilomètres, ne laissant que de la vase désertique de tous côtés, avec deci delà, des buissons de varech.

Le rocher montait haut dans le ciel. Les traces du niveau de l'eau laissées sur le pied du rocher, indiquaient un marnage impressionnant de plus de quinze mètres à cet endroit.

Il s'installa, une dizaine de mètres au-dessus des traces les plus hautes, sûr que la mer ne viendrait pas le déloger aussi haut.

Au-dessus des traces du niveau de la mer quand elle était là, il y avait une végétation abondante. Il trouva de quoi faire du feu pour se réchauffer. Il récupéra des récipients dans les débris du bateau, des couvertures qu'il fit sécher et il entreprit de faire un bûcher pour crématiser sa compagne. Pour sa nourriture, rien de plus facile : dans toutes les bassines naturelles du rocher, des dizaines de petits poissons se faisaient piéger quand la mer se retirait. Après plusieurs jours de travail, où il put voir la mer monter et descendre à la vitesse d'un cheval au galop, il arriva à faire un bûcher gigantesque pour l'incinération de Frida. Le feu brûla pendant plusieurs jours et attira tous les paysans qui habitaient au-delà de la zone désertique de vase et de goémon, ceux-là mêmes qui appelaient les gens du nord "les Normands". Ici la mer se retirait si loin à marée basse qu'il n'y avait aucun pécheur.

Puis, il enterra les cendres de sa femme dans un petit tumulus qu'il construisit. Cela impressionna les indigènes, qui, n'avaient jamais vu pareille tombe. À partir de ce jour, ils appelèrent le rocher "la Tombe". Il resta là sa vie durant.

Des années plus tard, quand il sentit sa dernière heure arriver, il jeta toutes ses affaires sur le sable pour que la mer les emporte au loin et il rentra dans le tumulus.

Il avait conçu un système d'étais à l'intérieur. Il les fit tomber, et toute la terre du dessus du tumulus tomba sur lui et l'ensevelit.

Le bruit se propagea, aussi vite que la mer monte et descend chez les paysans de la terre ferme, qu'il était parti sans leur dire au revoir.
Personne n'imagina qu'il reposait dans le tumulus aux côtés de sa compagne. Ils continuèrent à nommer le rocher "la Tombe" et, au fil du temps, celui-ci devint "Le Mont Tombe". La succession rapide des générations effaça Magnus de la mémoire des paysans. Seul le nom du "Mont Tombe" perdura, sans que plus personne ne sache plus pourquoi.

Aucun toponymiste ni aucun historien ne vous affirmera que le mot "Tombe" peut avoir un lien avec "Tumulus" pourtant pour les néophytes "Tombe", et "Tumulus", c'est la même chose, dans l'esprit, quelle que soit la langue.

En 708, L'évêque Saint Aubert d'Avranches édifia un oratoire dédié à l'archange Saint Michel.
C'est ainsi qu'au huitième siècle,

Le Mont Tombe devint le Mont-Saint-Michel.

Après, il y eut beaucoup d'autres constructions.

La robe rouge

par Isabelle Giraudot

Dans la cour du château d'Ancenis, c'était jour de fête. Dans les cuisines, les rôtisseurs s'activaient, les servantes présentaient les plats afin de les garnir, avant de les porter sur les tables dehors. Les cuisinières tournaient des cuillères dans les marmites. Des odeurs de viande rôtie et de galettes au beurre parfumaient l'atmosphère tout autour.

En cette année 1491, l'hiver était très doux et le seigneur du château d'Ancenis, Jean le quatrième avait décidé que les réjouissances offertes à ses sujets, à l'occasion du passage d'une troupe de saltimbanques, poètes et musiciens venus de Bretagne, se tiendraient dehors. Malgré la peste qui sévissait à Nantes, toute proche, et la peur de la contamination qui l'accompagnait, de nombreux invités avaient choisi d'être présents. Dehors, la nuit tombait. Des lampions, accrochés aux fenêtres du château, illuminaient la cour.

Tout à l'heure, Isabelle de Beauchamps était venue saluer ses invités et donner le signal des festivités en compagnie de son époux. Elle était la seconde femme du seigneur d'Ancenis qui avait épousé en premières noces, Marguerite de Petitbois, malheureusement décédée, une quinzaine d'années après son mariage. Une fois la fête commencée, Isabelle de Beauchamps s'était retournée vers son époux, furieuse, pour l'informer de l'absence de sa dame de compagnie, prénommée Claude, tout comme l'épouse du bien aimé roi de France, François Premier.
Jean le quatrième avait tenté de rassurer sa femme et l'avait invitée à la patience mais au bout de deux heures, il avait bien fallu se rendre à

l'évidence : Claude d'Anceaumesnil avait disparu. Après la colère et l'énervement, c'est désormais l'inquiétude qui prédominait car, parmi toutes les personnes interrogées, aucune n'avait vu Claude d'Anceaumesnil depuis le début de la soirée. Afin de la retrouver, toute la cour s'était dispersée dans les jardins, les pièces du château, les galeries souterraines et tous les autres endroits où elle aurait pu se perdre. Au château d'Ancenis, la plus vive inquiétude régnait désormais. Munis de lampions, les invités fouillaient les buissons, tiraient les meubles et les tentures pour regarder derrière ou soulevaient les tapis à la recherche de la dame de compagnie de la maîtresse des lieux.

Au milieu de toute cette agitation, Jean le quatrième, seigneur d'Ancenis, restait stoïque et observait tous ceux qui s'agitaient dans les pièces, couloirs, escaliers et coursives du château à la recherche de Claude d'Anceaumesnil. Penché sur la balustrade du deuxième étage, il réfléchissait.

Quelques mois auparavant, la dame de compagnie de son épouse lui avait reproché, une fois de plus, le manque d'agrément du château, menaçant de quitter la ville pour se réfugier chez l'un de ses nombreux cousins, si des travaux n'étaient pas entrepris rapidement. On ne traitait pas ainsi une dame de compagnie de haute naissance, avait-elle affirmé. On ne pouvait lui donner tort. Mal entretenue, la bâtisse, située sur les bords de Loire et entourée de bois touffus, était inconfortable, vieillotte et pleine de courants d'air. Il est vrai que le nom pompeux de château convenait bien mal au lieu, incendié l'an passé par les troupes de Charles le Téméraire. Les flammes avaient tout ravagé. Le bâtiment principal présentait des absences de murs. Il y faisait très froid. Les pavés disjoints de la cour intérieure se soulevaient sous les chevilles des dames. La chapelle tenait debout presque par miracle. Pour ne rien arranger, les odeurs de crottin qui s'échappaient des écuries chatouillaient désagréablement les narines délicates de Claude d'Anceaumesnil.

Bien que le père de Jean le quatrième, Jean le troisième, seigneur d'Ancenis, ait pris la précaution de faire édifier, à côté de l'ancien château partiellement détruit, une nouvelle demeure, pensant à terme pouvoir réunir les deux, les travaux étaient loin d'être finis. Pour les faire avancer plus vite, on avait convoqué Robert de Hardouin, architecte du royaume, à la réputation solide. Venu inspecter les bâtiments, pierre par pierre, à la demande de Jean le quatrième et d'Isabelle de Beauchamps, son jugement avait été sans appel. Tout ou presque était à reprendre. Il fallait détruire l'ancien château médiéval pour en reconstruire un autre sur le même emplacement. Jean le quatrième avait tout d'abord refusé, puis s'était finalement rangé à cette idée. En attendant, comme il fallait bien habiter quelque part, des travaux avaient été entrepris pour terminer provisoirement l'aménagement de ce que beaucoup considéraient tout de même comme leur nouveau château. Les artisans de la région s'étaient mis au travail. Les premiers résultats étaient désormais visibles. La grande salle des communs, autrefois grise et terne, s'ornait désormais de pavés propres et peints qui offraient aux regards des visiteurs l'image des armes accolées de la famille du seigneur d'Ancenis et de celles d'Isabelle de Beauchamps, s'entrelaçant sur un sol lumineux et verni.

Le seigneur d'Ancenis avait fait des efforts pour satisfaire la dame de compagnie de son épouse. C'était apparemment insuffisant et Jean le quatrième se demanda si la disparition subite de Claude d'Anceaumesnil n'était pas liée à ce manque de confort.
Il n'y croyait guère. En attendant qu'on la retrouve, il lui fallait subir, depuis quelques heures, les récriminations, incessantes, de son épouse qui n'imaginait pas une seconde se passer de sa dame de compagnie, notamment pour les soins de sa toilette. A l'entendre, seule Claude d'Anceaumesnil maîtrisait parfaitement la manière de faire une toilette sèche. Elle seule savait, comme il le fallait, frotter doucement, sans les irriter, toutes les parties visibles du corps. A écouter Isabelle de Beauchamps, elle ne retrouverait jamais une compagne de son rang

aussi capable de lui donner un bain à bonne température, dans lequel nageaient des herbes fraîches qui dégageaient sur sa peau un parfum de nature printanière et fleurie.

En soupirant à l'idée d'affronter une nouvelle fois la colère de son épouse, Jean le quatrième leva les yeux vers le tableau, installé sur le palier du deuxième étage, qui représentait sa femme avec sa dame de compagnie. Le port altier, le regard déterminé, la bouche aimable, un collier de perles posé sur sa gorge comme une offrande, sa chevelure, dont seule une mèche coquine dépassait, pudiquement cachée sous sa coiffe, celle-ci avait l'air de le narguer. Vêtue d'une robe grise en soie moirée dont le décolleté sage, orné de dentelles et d'un collier précieux, démentait l'apparente simplicité de sa toilette, Claude d'Anceaumesnil évoquait pourtant l'image de la parfaite dame de compagnie au service d'une épouse d'un seigneur de province.

Jean le quatrième observa le tableau tout en réfléchissant et tenta de se souvenir à quel moment la dame de compagnie de son épouse avait disparu. Les souvenirs lui revinrent rapidement en mémoire, mais un détail attira son attention. Il fut soudain troublé par une évidence, aujourd'hui la couleur de la robe de la dame de compagnie était… rouge ! Couleur de l'amour et du désir. C'était étrange. Claude d'Anceaumesnil n'en portait jamais d'habitude, se fondant dans les pas de sa maîtresse, vêtue de gris, de grège ou de taupe. Jean le quatrième sentit le démon de la chair le titiller de son aiguillon câlin et joyeux et les doutes l'envahir. Ce n'était certainement pas pour aller s'occuper de sa maîtresse Isabeau que Claude avait revêtu ce vêtement à la couleur suggestive et attirante.

L'âme tourmentée, Jean le quatrième tenta de se raccrocher à ses principes. La dame de compagnie de son épouse avait reçu une stricte éducation traditionaliste qui ne l'incitait guère à se livrer à des plaisirs condamnés par la religion. Femme rigoriste, elle attendrait ses épousailles avant de se livrer au devoir conjugal sans enthousiasme particulier afin de donner un héritier mâle à son époux. Issue d'une noble famille, jeune fille sérieuse, Claude d'Anceaumesnil ne pouvait être le genre de femme à rechercher la compagnie des hommes.

Jean le quatrième avait totalement tort. Dans les bras de Robert de Hardouin, l'architecte du royaume, Claude d'Anceaumesnil avait découvert l'amour. Le vrai. Un regard échangé lors de la visite de Robert au château, quelques mois plus tôt, leur avait suffi pour tomber amoureux.

Claude n'avait pas hésité longtemps entre une maîtresse exigeante habitant une demeure en chantier et un amant fougueux et attentionné. Envoyant au diable, ses principes, son éducation, son futur mariage arrangé, ses héritiers mâles à venir et son titre de dame de compagnie, elle avait préféré connaître la simplicité des âmes qui se retrouvent et le bonheur des corps qui s'attirent, avec Robert.

Cachée derrière un buisson, pendant que la fête battait son plein, elle avait rejoint son amant, qui l'attendait dans l'allée principale, à côté d'une calèche dont les chevaux piaffaient. Depuis deux heures, après avoir emprunté le chemin carrossable qui menait vers la Chapelle saint Florent, les amoureux roulaient vers l'Italie. Dans l'habitacle, Robert piquait le cou de Claude de petits baisers qui l'amusaient follement.

Dans quelques jours, ils franchiraient la frontière. Robert trouverait facilement du travail à Rome. L'un de ses amis, Michele di Angelo, travaillait à peindre des fresques sur les murs de l'église saint André du Quirinal. Il avait besoin de main d'œuvre pour réaliser son chef d'œuvre, commandé par la cité du Vatican, le plafond de la chapelle Sixtine. Claude s'occuperait d'aménager la petite maison que Robert avait achetée, via della Stella, ainsi que de cultiver le jardin, puis son bonheur, en fabriquant une famille nombreuse.

Regardant une dernière fois le portrait de la dame de compagnie de son épouse, songeant qu'elle ne reviendrait sans doute jamais au château d'Ancenis, Jean le quatrième soupira, puis l'envia. Si comme elle, il osait… Un fin sourire se dessina sur ses lèvres. Ce soir, il pourrait tenter de rejoindre Prudence, l'une des servantes du château, dans sa chambre, dès qu'Isabeau serait couchée.

Le dernier coup du père François

par Evelyne Biausser

Le jeune homme est assis à sa table de travail.

Devant lui, un ordinateur dont l'écran s'éteint régulièrement, une imprimante, quelques feuilles griffonnées, plusieurs crayons à papier, un stylo à encre qu'on lui a offert récemment, très décoratif, mais qui ne fonctionne pas, deux dictionnaires, l'un de la langue française, l'autre de rimes, une anthologie de la poésie française, d'anciens numéros d'une revue poétique à tirage confidentiel.

Tu l'as deviné, le jeune homme est poète.

C'est ainsi qu'il aime à se définir, même s'il n'en vit pas. Et là, il précise toujours : "sinon intérieurement."

Hélas, la défaite est inscrite aujourd'hui sans fard, sous ses yeux. A gauche de l'ordinateur, une moque de faïence salie d'un fond de café, traîne. A droite de l'imprimante, un grand verre rempli d'eau tiédit lentement.

Un bout de brioche finit de s'émietter sur une serviette en papier, dans le coin de laquelle s'inscrit un numéro de téléphone.

Le dictionnaire de rimes est maintenu ouvert à la page 382 par une crème de gruyère, l'autre à la page commençant à "aglyphe", par un carré de chocolat.

Tu l'as deviné, le jeune homme manque d'inspiration.

"Bon Dieu, *c'est pas possible* ! Si je reste là et que je me concentre, je dois sortir quelque chose !" crie-t-il.

- Que nenni !

Pris dans son dialogue intérieur, il croit se répondre tout haut.

La tête dans les mains, les yeux fermés, les coudes appuyés à la table, il continue de s'invectiver : "quel bourrin ! pas une seule idée, rien, le vide."

- Confonds-tu un poète avec un clerc, qui se met à table et *escrit* tant que son cierge est éteint ?

Le jeune homme lève les yeux, incrédule.

En face de lui, sur le petit fauteuil défoncé qu'il affectionne tout particulièrement pour lire un bon livre neuf, un homme décharné le regarde.

- Mais, mais...

Tu l'as deviné, le jeune homme, si prolixe d'ordinaire, est médusé.

- Comment êtes-vous entré ? ânonne-t-il.

- Point de sotte question, je n'en ai que trop tâté, dans ma courte vie !

- Etes-vous SDF ? s'entend prononcer le jeune homme.

- On peut le croire ainsi. Mais je n'ai jamais été empêché de trouver un toit pour la nuit. Mes belles amies de la rue me laissaient se glisser dans leur couche, "après le travaillement, le déduit" plaisantaient-elles, à moins que mes riches jeunes *compaings* ne m'hébergent dans leur *ostel* particulier.

- Mais qui... mais d'où venez-vous ?

- Las, jeune homme, ne me dis point que ma gloire n'a point franchi tous ces siècles ? Je n'y crois goutte, il m'a bien semblé *reconnoistre* l'une de mes œuvres, là, dans ce grimoire, sur ta table. Par contre, ce qu'il est dit est par trop mensonge. Qui a *escrit* cela?

L'homme se lève et attrape l'anthologie, la feuillette, s'arrête sur une page et la montre au jeune homme.

- Non! vous seriez...

- Et qui d'autre ?

Le jeune homme détaille les chausses délavées, les botillons de daim éculés, la chevelure en bataille plus sel que poivre.

Il songe à un costume de location, recense qui peut lui avoir fait cette farce. Mais les étoffes, les teintes, la coiffure, l'allure, la peau même du personnage lui semblent bizarres. Il paraît si vieux au premier abord, des dents lui manquent, des rides lui sillonnent le visage...
Et puis il se met à parler, on ne sait alors lui donner un âge.

- Pourquoi me fait-on mourir en 1463 ? J'ai bien continué dix ans encore à rimailler et battre la campagne. J'ai quitté Paris, parce que mon recours en grâce avait été refusé. Mordieu, l'ami, on ne peut point gagner à tous coups. J'avais été amnistié cinq fois avant ça ! Il ne m'était bon bec que de Paris, même si à Orléans, je faisais au Duc et à sa cour bonne figure. Tu as connu le coup du collège de Navarre ? La nuit de Noël, tous les chanoines occupés ailleurs ! Ah, jeune ami, combien je me suis esbaudi, avec Guy et Colin. Celui-ci était bête comme âne, pas fichu de parler le bon français, mon beau langage ! Que je me suis retenu souventes fois de lui ficher une dague en plein cœur, tant il me travaillait avec son vilain jargon !... Mais quel serrurier ! Aucun verrou pour lui résister.
Sais-tu, mon joli, que les 500 écus du collège n'ont jamais été retrouvés? J'en avais donné 10 à Guy Tabarie, il n'a jamais vu le reste, il a donc subi la question pour si peu. C'est lui qui m'a dénoncé, mais j'avais pris l'escampette bien avant !

- Mais où sont passés les écus, on n'en parle pas dans vos biographies?

- Pour un poète, tu n'es point fin. Je les avais cachés chez une ribaude à moi, qui me donnait espèces sonnantes tirées de son déduit quand j'étais sec d'argent et de gosier. Je lui avais promis de l'aimer toujours. Pauvrette, je me suis conduit en triste sire, la payant bien mal de sa fidélité. Je suis revenu un soir où je la savais en bonne compagnie, j'ai pris l'argent en déplaçant une pierre du mur.
Un conseil de poète : ne cache jamais l'argent volé dans un puits ou dans l'âtre. C'est là que la police cherche en premier.

- Quand écriviez-vous vos poèmes ?

- C'est toi qui me questionne ainsi ! Un poète ne vit-il pas la plume à la main ? Au fait, comment fais-tu pour écrire avec une plume si grosse, et en autant de morceaux, toi ?

- Je vous expliquerai, c'est un coup à prendre. Mais il faut avoir l'électricité, il ne suffit pas d'être doué.

- Ah bon ! Moi, j'écrivais surtout à la chandelle, parce que le jour, souventes fois je me cachais, ou bien je dormais. A la cour du duc de Bourbon, j'avais une couche somptueuse, molle, de la meilleure laine, une écritoire en noyer, des chandelles de vrai saindoux qui ne filaient pas. Je vivais comme un prince, avec une duchesse qui se laissait gouverner à mon allure. On rimaillait toute la journée. Mais c'est en prison que j'écrivais le mieux. Le Testament, dans le cachot de l'évêque d'Orléans, et presque toutes les ballades.

- En somme, vous étiez malhonnête pour pouvoir écrire ?

- Comme tous les autres. Aucun clerc bien honnête n'est devenu célèbre comme moi ! Tu es trop sage, l'ami ! Bon, je t'accorde que je n'ai pas voulu occire Philippe Sermoise, le prêtre qui m'a valu mon premier bannissement. Mais je ne méritais pas si grande peine, car le sieur était triste, fort malhonnête, véritable esprit tort, que son habit de prêtre ne rachetait pas ...

- Quand même, au 15ème siècle comme aujourd'hui, tuer un homme ...

- Je ne l'ai pas tué, le verrat s'est infecté et il est mort le lendemain. Dieu n'en a sûrement pas voulu dans son Paradis... Avant ça, j'avais seulement démonté des enseignes de commerçants, la nuit, et échangé quelques horions entre bandes rivales. Les facéties de l'étudiant, quoi !

- Franchement, aujourd'hui, nous avons du mal à comprendre comment vous avez pu être un si grand poète et une - pardonnez-moi - si grande crapule...

- Parce qu'aujourd'hui, l'ami, vous rangez tout dans des petites cases trop *estanches*. L'honnête homme doit faire ceci, le malfrat cela, vous mangez du sucré ou du salé, vous êtes poète ou homme d'action. Sornettes ! Tu as lu mes poèmes ? Qu'y as-tu vu ? Le langage d'un maître ès arts ou d'un Coquillard ? Les soucis du Duc de Bourbon ou du chef de bande ? Tout y est mêlé, et ce n'est que justice, que vérité. De ton temps comme du mien, le seul souci de l'homme est de savoir qu'il va mourir. Il est des fois où il est mis cruellement en face de lui-même, comme ce jour, à Montfaucon, où je suis revenu pour voir mes *compaings* se balancer dans la nuit gelée. Il me semblait voir mon ombre parmi les pendus, et j'aurais dû en être...C'est cela qu'il te faut exprimer, cette commune peur chez le prince comme chez le manant. Et, sais-tu l'ami, que je n'ai vécu sur le fil que pour la conjurer ?

- Mais quand êtes-vous définitivement mort ? Que s'est-il passé après 1463 ?

- Ah, si tous tes savants clercs qui ont écrit mes biographies savaient cela ! Je suis monté sur un cheval, volé dans la campagne, à Saint-Germain si je me souviens bien, et j'ai galopé le plus loin que j'ai pu. Dans la forêt où Berte avait rencontré Pépin, je me suis acoquiné avec une bande de truands. Nous avons déshabillé quelques dizaines de passants, surtout des riches moines, toujours à déplacer quelque trésor d'une abbaye à une autre, et couards aisés à dépouiller. Puis je suis reparti vers le sud, vivant tantôt en ermite, et tantôt en galante compagnie, dans les villes de foire. Eh l'ami, que sont devenues toutes ces réjouissances, ces fastes et ces plaisirs qu'on y trouvait alors ?

J'ai lors écrit mes meilleures ballades, toujours en vivant français, de juste ton et de beau mélange. Notre Seigneur y tenait sa partie, je l'en aimais d'autant de me pardonner si souvent.

Puis je suis tombé malade, en grande douleur et grande fièvre. Sur la paillasse du lépreux qui me soignait, tandis que je songeais au Dit d'Iseult la Blonde, que j'avais tellement aimé, je savais que ma vie s'écoulait de moi comme l'eau d'un ruisseau.

 J'ai tant prié Dieu qu'il m'a exaucé. La rémission qu'il m'a accordée a porté mes pas vers l'Italie, ses rivages escarpés et déserts, ses ciels cléments et ses bandits accueillants...Mais un jour, en traversant un ruisseau, mon cheval a glissé, mes belles rimes ont fondu dans l'eau, et je me suis noyé, seul, prenant enfin au sérieux ce destin avec lequel j'avais joué.

Ah, l'ami, le jeu qui dore l'existence cesse un jour, pour chacun de nous. C'est là que l'on regrette, ou que l'on revit.

- Vous revivez tous les jours, on étudie vos poèmes dans les écoles, vous êtes dans toutes les anthologies...J'aimerais avoir cette chance.

- Vous me paraissez bien pressés en ce temps ! N'oublie pas que 26 ans ont passé avant qu'on édite mon Testament ! Mais ils ont fini par comprendre que j'étais hors du commun.

- Ouais, mais un tueur !

- Dis donc, l'ami, si j'étais plus jeune... tu m'échauffes les oreilles avec tes tueries. Tu sembles surtout oublier que je n'ai jamais eu de père, moi. Il me semble que vous feriez grand cas de moi, aujourd'hui, pour ce manquement...Allez, c'est assez pour ce soir, merci de la compagnie, et fais ton profit de mes paroles.

Le jeune homme se frotte un instant les yeux, évaluant le vide en face de lui. Puis il tire une feuille blanche et de sa grande écriture, jette un synopsis sommaire sur le papier.

Tu l'as deviné, il écrit une biographie de François Villon.

Un conteur venu du Moyen Âge ?

par Micheline Boland

"Me voici bientôt ménestrel ! C'est chouette, je suis invité à aller conter au château de T. pas très loin de Blois à l'occasion des festivités qui y sont organisées. Valérie a promis de me prêter sa petite harpe et de m'apprendre à en tirer quelques notes. Maman a promis de mettre en œuvre tous ses talents de couturière pour me confectionner un petit chapeau, une cape et une sorte d'aube trois quarts. Je n'aurai plus qu'à dénicher des chaussures et des collants adéquats. On va voir, ce qu'on va voir ! Je ne serai plus un banal conteur amateur. Je deviendrai un vrai ménestrel, un vrai de vrai. Enfin, j'ai déniché l'opportunité rêvée ! Mes amis de l'impro et mes amis conteurs vont me jalouser, ça c'est certain."

Guillaume sourit. Il me fournit ensuite davantage encore de précisions. Il va conter à quelques mètres de la tour circulaire. Si au treizième siècle il n'y avait à cet endroit qu'une demeure assez simple, au début du seizième siècle un très riche banquier a racheté les terres, a fait ajouter des fortifications ainsi que des constructions de style médiéval. Le château a, par ailleurs, été marqué par l'empreinte de plusieurs poètes. Des rumeurs circulent, semble-t-il, de temps à autre à propos du bâtiment principal. Plus précisément, il est question d'un fantôme qui s'y manifeste après le coucher du soleil, mais cela ne semble pas perturber Guillaume qui me l'annonce sur le ton enjoué qu'il a utilisé pour décrire les magnifiques arbres et les pelouses qui agrémentent les lieux.
Ayant pris connaissance du projet de Guillaume, je ne peux guère que le féliciter et lui promettre d'assister à l'événement.

Guillaume s'agite et sourit comme un gosse en m'informant de tout cela. Il lui reste plus de trois mois à attendre avant de réaliser ce projet, mais déjà il donne l'impression d'être tout proche d'atteindre son but. J'ai fait la connaissance de Guillaume aux "Goûters Contés" organisés dans un bar de la ville. Guillaume écrit des contes et propose des spectacles à thème à l'occasion de fêtes telle que Noël, Halloween ou Mardi Gras. Il adopte une gestuelle très fluide et se plaît à varier le rythme de ses propos. "Je ne suis pas un raconteur d'histoires, mais un conteur. Je ne fais pas un one-man show comme le font certains ! Je conte plutôt à l'ancienne, voilà tout.", explique-t-il.

Le samedi de septembre où débutent les animations, lorsque j'arrive là-bas, je découvre Guillaume au sommet de sa forme. Sa tenue et son expression sont sans défaut quand il accueille le public, il joue de la harpe comme le ferait, me semble-t-il, un excellent musicien avant que commence vraiment le spectacle.

"Il y a une salle dans le château qui paraît-il est hantée. Il s'agit de la salle qui sert de vestiaire aux quelques artistes invités.", ai-je entendu dire avec un demi-sourire par l'un ou l'autre dès mon arrivée, mais je me garde évidemment d'en souffler mot à Guillaume, d'autant plus qu'un couple d'habitants du coin et un monsieur âgé paraissent quant à eux croire à cette histoire.

Je parviens à me faire montrer la porte d'entrée de cette salle en demandant à un adolescent qui assume un rôle de guide bénévole où se trouve la fameuse pièce. Après avoir parcouru les parties du château accessibles au public, je vais boire une limonade puis retourne dehors pour assister bientôt au spectacle de contes.

Guillaume conte des histoires qui ont rapport avec des faits chevaleresques, mais aussi des histoires d'amour et de vengeance.

Ce n'est pas vraiment Guillaume que j'écoute et que je regarde, c'est un homme du Moyen Âge, un ménestrel!

Après le spectacle, un peu avant vingt heures, je ne peux m'empêcher de reprendre le chemin qui conduit à la fameuse salle, là où ont été déposés les vêtements et objets qui sont devenus superflus dès que les divers animateurs et artistes ont enfilé la tenue adéquate et qui ne seront récupérés par eux qu'en fin de journée. Quelqu'un ouvre alors un instant la porte et j'ai le temps de voir circuler deux ombres, l'ombre argentée, me semble-t-il, d'un homme en armure et l'ombre blanchâtre, d'une femme vêtue d'une longue robe et coiffée d'un très long voile. Je pense aussitôt à une histoire contée par Guillaume, celle d'un chevalier jaloux qui a tué son rival, un autre chevalier plus beau et plus riche que lui. Je prends ainsi conscience qu'il ne s'agit peut-être pas d'un simple conte, mais d'une histoire vraie qui s'est passée autrefois au château de T. Quant à la légende du fantôme, elle n'en est peut-être pas tout à fait une!

Quelqu'un m'interpelle :"Que faites-vous encore ici ? C'est interdit au public après dix-neuf-heures trente. Sortez au plus vite…"

Je m'enfuis donc au plus vite, entendant outre les bruits de mes pas, les mélanges sonores d'un inquiétant remue-ménage.
Tout à coup, je prends conscience que je cours peut-être des risques en demeurant là et aussitôt, je me promets, oui je me promets que plus jamais je ne reviendrai au château de T. Je commence aussi à me questionner… Guillaume est-il vraiment qui il affirme être ? N'a-t-il pas été un de ces ménestrels qui ont connu les lieux en d'autres temps ? Comment est-il parvenu à jouer si bien de la harpe alors qu'il n'a eu aucune pratique de l'instrument auparavant ? Comment donc a-t-il fait pour se faire connaître au château de T. et connaître ce château alors qu'il vit à une centaine de kilomètres de là ? Comment sa mère a-t-elle pu lui confectionner des vêtements avec des tissus qui paraissent si anciens et de manière si parfaite ? Comment peut-il se repérer si bien

sur le site de T. ? Lui, le jeune homme réputé jaloux par certains de ses collègues conteurs comment aurait-t-il pu fournir autant de détails de l'histoire du chevalier jaloux s'il n'avait pas vécu dans une vie précédente la même aventure ?

Tant et tant d'interrogations. À première vue, tant et tant de réponses possibles. Du moins, c'est ce que je pense, moi qui ne suis pas spécialiste des univers fantastiques.

La disparition

par Paul Lautier

L'objet était posé précisément à l'endroit où le vieux Julien, avec son âne, avait vu l'éclair s'abattre la semaine dernière, c'est-à-dire en plein milieu de la grande clairière de la Forêt de Jehanne, là où il n'y avait absolument rien pour susciter les faveurs de la foudre.
C'est la jeune Laudine qui l'avait remarqué la première, elle qui avait l'habitude de s'aventurer hors du village, pour aller écouter les oiseaux, disait-elle, bien que certains doutaient fort de cette ingénuité. Aussi, quand elle était revenue au village annoncer à bout de souffle sa curieuse découverte, d'aucuns avaient immédiatement décelé dans l'événement de la semaine passée un présage de mauvais augure, tandis que d'autres avaient attribué les propos « bizarres » de la jeune fille à un prétendu esprit fantasque, toujours prompt à attirer l'attention en contant fadaises à la cantonade.

Pourtant, quand on avait consenti à l'accompagner jusqu'au lieu dit en traversant le bois, force fut de reconnaître qu'il y avait bien, posé paisiblement dans l'herbe, un curieux objet oblong, noir et surtout gigantesque. Il paraissait être en fonte, en tout cas devait être terriblement lourd. Il aurait fallu une échelle pour le gravir et nul attelage n'aurait évidemment jamais pu tirer un tel engin jusqu'ici. On s'interrogea, se regarda, on resta médusé à l'observer, mais personne parmi la première délégation à venir vérifier les délires de la jeune fille ne put trouver d'explications à cette présence. D'où provenait cette chose ? Qui avait pu vouloir exposer une telle curiosité et surtout comment l'avoir traînée jusqu'ici ? Il n'y avait aucun chemin susceptible d'offrir une voie de passage par où elle serait arrivée et il ne venait bien sûr pas à l'esprit de villageois de Franche-Comté du XVème siècle, qu'une machine volante puisse exister.

- Je l'avais dit que cette fille était une sorcière !

- La Rousse, tu devrais tenir ta fille ! Tu vas nous attirer des ennuis ! entendit-on déjà lorsque la première escouade revint au village pour confirmer la réalité de l'apparition.

- Taisez-vous ! Ce n'est pas parce que Laudine l'a vue la première, que cette petite l'a inventée, cette drôlerie, fit le Père Grégoire qui n'hésitait pas à rudoyer ses paroissiens à l'occasion car il détestait voir les stigmates des superstitions d'un autre temps et peut-être n'était-il pas totalement insensible au charme singulier de celle qui était maintenant devenue une jeune femme.

Il est vrai qu'avec ses cheveux rebelles, presque jaunes, Laudine offrait une apparence peu conventionnelle. Mais cela plaisait à certains, surtout à l'Aniceau qui lui trouvait un visage charmant malgré ses moult grains de beauté, tels des « éclaboussures du diable » qui ornaient entièrement sa peau de la gorge à son large front studieux. Pourtant, l'Aniceau ne fut pas jaloux que le Père Grégoire se prononce ainsi subitement en faveur de Laudine. Lui au moins avait le cran et la carrure de faire taire ceux qui cherchaient à nuire à sa belle, en fait « belle » en secret ; l'Aniceau n'avait en effet pas le courage de se déclarer.

Il fut instamment décrété qu'une seconde délégation se rendrait sur les lieux, plus étoffée celle-ci et armée, on ne sait jamais, de ce qu'on pouvait rassembler d'outils.

L'Aniceau faisait partie, aux côtés du Père Grégoire, de ce second convoi composé d'un large éventail de villageois, du paysan Guillaume, le plus riche d'entre eux et chargé, entre autres responsabilités, de récolter le dû à Sa Seigneurie, ainsi que de quelques métayers et artisans chaudronniers tout comme l'Aniceau. Suivaient également des femmes, les épouses de ces messieurs, mais aussi quelques curieuses promptes à se divertir, un tel événement étrange étant particulièrement rare au sein de la communauté. Laudine devançait le cortège, empressée qu'elle était, il est vrai, de révéler à chacun sa découverte.

Parvenus à proximité du lieu dit, tous aperçurent la masse reposant dans la clairière, tel un animal monstrueux assoupi. Lorsque le Père Grégoire fut face à cette chose luisante, il se laissa tomber à genoux, se signa en marmonnant une prière. Il fut imité bientôt par le petit groupe d'aventuriers se tenant encore en lisière de la forêt. Ils restèrent ainsi sans se parler, chacun perdu dans ses propres incantations. Laudine s'amusait de cette scène fantasque où les villageois semblaient implorer un objet mystérieux, mais l'Aniceau ne partageait pas son euphorie. Cette incongruité l'inquiétait. Ce n'était certes pas l'Apocalypse, mais tout ce qui défiait l'entendement pouvait être source de malheurs.

Après de longues minutes de recueillement, le cortège s'en retourna au village sans avoir élucidé les raisons de la présence, ici, si près de chez eux, de cette bizarrerie. Celle-ci alimenta évidemment les conversations durant tout le reste de la journée et même de la soirée, au sein des chaumières.
L'Aniceau, quant à lui, pensait plus à Laudine qu'à l'objet et éprouvait un ressenti mitigé ; cet événement lui procurait, certes, un prétexte d'approcher Laudine, mais parallèlement la plaçait un peu trop à son goût *sous les feux de la rampe*, aurait-il pu dire quelques siècles plus tard. Il devait donc profiter de cette opportunité pour venir lui parler enfin d'autre chose que du temps froid, chaud ou changeant. Demain, c'est sûr, il l'aborderait plein de courage et lui parlerait avant tous les autres ! Sur ces fermes résolutions dignes d'un chef de troupe, il s'endormit.

Le lendemain, se rappelant sa mission, il se leva sans lambiner pour une fois et affronta l'humidité de la rosée. Il se planta devant la chaumière de Laudine, attendant son apparition.

- Tu m'attends, l'Aniceau ?

Il se retourna avec stupeur pour se rendre compte que la jeune femme revenait déjà de la forêt avec le Père Grégoire sur ses talons.

- Tu es réveillée ? fit-il d'un air benêt.

- Nous sommes allés voir la chose, crut devoir se justifier le Père Grégoire.

- Et elle nous a attendus, renchérit Laudine.

- Elle n'a pas bougé ?

- Elle est restée figée… comme toi en ce moment devant nous !

Évidemment l'Aniceau se sentit rougir, la chaleur lui gagnant les joues, les oreilles.

- Viens donc avec nous, fit Grégoire, ce que le jeune homme interpréta comme une remarque triomphante, provocante, voire condescendante de la part d'un rival.

Lorsqu'ils parvinrent sur le site, d'autres villageois étaient déjà à pied d'œuvre pour admirer la curiosité en spéculant sur son origine. Quelques-uns s'étaient même approchés plus que la veille.

- Eh, la Jaunisse ! Va toucher ta merveille et dis-nous si elle est chaude !

- Comment veux-tu qu'elle fasse la différence, avec elle, tout est chaud ! fit un autre, ce qui déclencha l'hilarité de ses sbires.

- Eh, toi, le Pierrot ! Tais-toi ou je m'en vais te faire taire !

- Ose donc si tu le peux, l'Aniceau. Voilà que tu défends la Jaunisse. Tu *en pinces* pour elle ou quoi ? Remarque, tu ne prends pas de risque, on n'ira jamais te la disputer !

De nouveau, on s'esclaffa autour de lui. L'Aniceau esquissa un mouvement comme s'il s'apprêtait à en découdre physiquement.

- Pas la peine, l'Aniceau. Je n'ai pas besoin qu'on se batte pour moi. Je n'aime pas ça… et je n'ai surtout pas besoin de ça pour aimer. Mais regarde, je vais effectivement toucher cet objet. Parce que je suis courageuse, moi ! Fit-elle d'une voix forte pour se faire entendre du groupe de ses détracteurs.

Grégoire sentit que cet événement risquait finalement de devenir néfaste pour la communauté, de faire vaciller l'équilibre sur lequel, investi de sa mission céleste, il s'évertuait à veiller scrupuleusement jusqu'alors. Il lui fallait donc trouver un moyen de temporiser l'inquiétude de ses paroissiens qui, selon lui, conduirait sans tarder à des comportements inacceptables.

Pendant qu'il était perdu dans ses réflexions, Laudine s'était effectivement approchée de l'engin en tendant une main. Avec un peu d'appréhension palpable et après un instant d'hésitation, elle l'effleura du bout des doigts. Son aspect lui était inconnu, lisse et incroyablement régulier, mais dur comme la pierre. L'objet n'était ni chaud, ni froid, simplement encore humide de la rosée du matin. L'Aniceau regardait avec admiration et anxiété la jeune femme, craignant sans doute que la chose ne l'engloutisse ou se transforme en diabolique monstre funeste. Elle se retourna souriante vers l'assistance : « Il n'y a pas de danger ! Ce n'est pas vivant ! »
Tous ou presque se ruèrent. Et chacun de tâtonner, tout d'abord avec retenue, puis bientôt avec ardeur la carlingue mystérieuse. Certains l'embrassèrent, d'autres l'étreignirent de tout leur corps. Le Père Grégoire vit même la Veuve Robin y frotter frénétiquement sa jambe malade comme si cela avait des propriétés curatives. Devant toute cette débauche qui s'apparentait à l'idolâtrie, l'ecclésiastique se résolut à devoir prendre rapidement une solution. Il ne pouvait canaliser seul les dérives de ses malheureux fidèles. Il devait se tourner vers sa lointaine hiérarchie tutélaire.
Une missive fut donc adressée par ses soins le jour même par porteur en direction de l'Abbaye de Clairmax.

L'Aniceau définitivement sous le charme de Laudine, réfléchissait au sens à donner à la phrase sibylline : « Je n'ai pas besoin de ça pour aimer » lancée par la jeune femme. Cette dernière jouissait maintenant d'une estime et même ses détracteurs montraient de bonnes dispositions à son endroit.

- Vous semblez contrariée… fit-elle sur le ton de la confidence à Grégoire.

- Ta bravoure semble avoir libéré tout le village, mais peut-être un peu trop, avoua-t-il.

Laudine parut intimement affectée que sa conduite ait pu déplaire au Père Grégoire.

- Ah… J'en suis désolée. Comment je pourrais me racheter… à vos yeux ?

- Tu n'en es pas responsable. Je n'ai sans doute pas su être à la hauteur des espérances de mes fidèles, de leur besoin de foi, et ils se sont jetés à corps perdu, de toute leur âme, dans l'émerveillement de cette statue païenne qu'ils sont en train de déifier.

- Je ne suis pas sûre de vous suivre, mais que dois-je vraiment faire maintenant ?

- Oh, rien. Ou plus précisément, ne rien faire qui pourrait attirer davantage leur attention sur cette chose. Mais je crois que la machine s'est déjà emballée.

- Ah, je vois, je leur ai montré un mauvais exemple. J'aurais dû ne rien dire.

- Non, ma chère Laudine. Je comprends que tu aies voulu prendre une revanche sur la mauvaise considération que les autres te renvoyaient et que tu aies cherché à t'affirmer, maintenant tu es une jeune femme, une belle jeune femme.

Le Père Grégoire se sentit à son tour débordé par ses propres sentiments. Laudine qui le comprit en était tout autant troublée.

- Je vous promets que je me ferai plus discrète désormais.

- Contente-toi d'y aller avec le jeune l'Aniceau, c'est un brave garçon, fit Grégoire comme pour refouler en lui ses émois coupables.

- Je l'aime bien… lui, c'est vrai, conclut-elle en tournant des talons pour cacher ses émotions.

Tous les matins, aux aurores, une délégation de villageois se rendait au chevet de l'engin qui ne paraissait aucunement avoir bougé d'une journée à l'autre. Laudine s'y était bien rendue une nuit durant, ayant profité de la pleine Lune, avec le fier l'Aniceau. Mais leur bravade face à la peur de la forêt nocturne n'avait apporté aucune révélation. Les reflets lunaires sur les flancs du monstre le faisait paraître plus étrange encore. Mais rien, désespérément rien n'était sorti de l'appareil. Lorsque l'envoyé de l'Abbé, le lettré affecté aux chroniques de la région, parvint au village, la soirée était presque entamée et le temps pluvieux dissuadait de se rendre immédiatement à la clairière.

- Nous irons demain matin, décréta-t-il en bâillant.

Le lendemain, le Père Grégoire qui devançait l'officiel, en arrivant sur le site, tomba à genoux pour la deuxième fois devant la clairière. Laudine qui l'accompagnait et que lorgnait à la dérobée le chroniqueur ne put se retenir non plus. Elle poussa un cri :

- Elle a disparu !

- Êtes-vous certains que c'était ici ? fit le lettré d'un ton ironique.

- Bien sûr, répondit presque agacé Grégoire.

- Dans ce cas. Je crois être venu ici pour rien... répondit l'autre avec condescendance.

Sans tarder, tout le village vint constater la fameuse disparition, d'autant plus prodigieuse que l'herbe ne laissait aucune trace de cette pesante présence des jours passés.

Le lettré repartit immédiatement sans s'attarder davantage sur tout ce que tentaient de lui débiter tous ces villageois pris sans doute d'une hystérie collective. Ainsi, aucun témoignage écrit ne figurerait dans la chronique de l'Abbaye de Clairmax sur cette apparition disparue dont le souvenir finirait finalement par s'éteindre de la mémoire du village au fil du temps et des générations. Rien ne resterait de cette étrange rencontre entre des villageois du bas Moyen Âge avec un Objet Non Identifié qu'ils n'auraient su croire volant et surtout provenir, soit des confins des Cieux, soit d'une époque future dont ils ne pouvaient imaginer la technologie.

En tout cas, à son échelle, Grégoire avait découvert ses limites en tant que représentant du clergé séculier et aussi ses propres aspirations refoulées masculines. Mais, il était maintenant quelque peu rasséréné ; tout finirait par rentrer dans l'ordre et le village allait pouvoir retrouver son équilibre d'antan.

Dans le secret du scriptorium

par Véronique Ayala

Au cœur des travaux de recherche pour ma thèse de doctorat, les enluminures des manuscrits normands constituent un sujet qui me passionne profondément. J'ai l'opportunité aujourd'hui de revisiter le Musée des manuscrits du Mont-Saint-Michel, situé dans la ville historique d'Avranches. A l'abri des fortifications médiévales, dans un silence presque religieux, je gravis lentement les marches du grand escalier qui mène au Scriptorial. J'aime me calfeutrer dans ce musée qui abrite un patrimoine inestimable pour les chercheurs du monde entier. Religieusement conservés dans la salle dite du Trésor, les manuscrits originaux du monastère du Mont-Saint-Michel, véritables chefs d'œuvre de calligraphie sur parchemin, retracent la vie spirituelle, intellectuelle et artistique de cette communauté bénédictine qui y vécut dès la fin du Xème siècle. Les précieux volumes mis à l'abri à la fin du XVIIIème siècle sont empreints des secrets de ces moines copistes et de leur époque énigmatique, à travers des textes en latin, religieux et philosophiques, des traités juridiques et scientifiques, mais aussi des chroniques historiques. Des pages minutieusement calligraphiées et enluminées se dégage une sorte de magie indescriptible, de mystère paranormal qui m'attire irrésistiblement.

Mon regard se perd en parcourant les linéaires de collections magnifiquement reliées, dont certains joyaux sont exposés sous vitrines. Je remarque un ouvrage parmi d'autres, sans savoir ce qui m'attire vers lui. Je me munis d'une paire de gants de coton blancs mis à disposition, car ces codex anciens exigent une protection minutieuse.

Je m'installe confortablement à une table isolée près d'une fenêtre. Le manuscrit date du XIIème siècle et s'intitule « *Consuetudinarium et martyrologium monasterii Montis Sancti Michaelis* » qui signifie « La coutume et le martyrologe du monastère du Mont-Saint-Michel ». Je suis émue de tenir entre mes mains ces pages de parchemin, fabriquées il y a si longtemps à partir de peau de veau. Je respire l'odeur poivrée, remugle de ce temps ancien où un moine a transpiré son art à la lueur vacillante d'une chandelle. Je feuillette lentement l'ouvrage et peu à peu me sens comme dans un état second.

Etourdie, je pose le livre ouvert, à la page 34 dont la lettre ornée est un D et j'appuie mon dos contre le dossier de la chaise pour me ressaisir en fermant doucement les yeux. A travers la vitre de la fenêtre, le soleil me réchauffe le visage. J'ouvre les yeux, et mon regard méditatif se pose sur la page inondée par ce rayon lumineux. Mes doigts sentent à travers les gants que la page est très chaude. Peu à peu je n'en crois pas mes yeux, des signes apparaissent entre les lignes manuscrites. Ce sont des lettres, des mots, des phrases en latin, un texte écrit probablement avec une encre invisible qui se révèle sous l'effet de la chaleur. Sur mon cahier je recopie à la hâte ce texte clandestin, de peur qu'il ne disparaisse aussi vite qu'il est apparu. Au fur et à mesure j'essaie d'en traduire le sens général. L'auteur de ces lignes secrètes est bien le copiste qui a calligraphié et enluminé cet ouvrage.

Il y décrit le scriptorium, une grande pièce où les moines travaillent à la copie et à la décoration des textes. C'est la seule pièce chauffée de l'abbaye, écrit-il, c'est pourquoi il place volontiers son pupitre près de la grande cheminée pourvue de rebords pour y poser ses encres et outils. La scène s'anime sous mes yeux comme dans un film. Je n'ai aucun mal à imaginer ce religieux en robe de bure brune à capuchon, ses manches légèrement retroussées pour ne pas gêner son travail méticuleux. Lentement, comme dans un rituel, il trempe dans un encrier de terre cuite sa plume d'oie taillée. La pièce résonne du grattement délicat de la plume sur le parchemin, tandis qu'une subtile odeur de cire d'abeille et d'encre flotte dans l'air. Le copiste, entièrement dévoué à son art, décrit avec fierté son style d'enluminure. Né d'une tradition mérovingienne et perpétué par cette communauté monastique du Mont, ce langage esthétique s'illustre notamment par des « rinceaux habités », des ornements peints, composés de motifs végétaux enroulés, entrelacés, parfois animés de personnages, d'animaux, de lions, d'aigles…ou de spécimens d'un bestiaire fantastique, de monstres, souvent des dragons en raison de la dévotion machiavélique du lieu.

Au fil des pages le texte qui apparaît sous la ferveur du soleil devient beaucoup plus personnel, donnant l'impression que le moine a quelque chose de très intime à révéler. Je crois comprendre qu'il évoque un amour caché. La description enflammée de la jeune élue et de ses activités révèle une charmante sorcière, experte dans la connaissance des plantes médicinales et dans la recherche de potions innovantes. Lors de leurs rencontres furtives dans le jardin du monastère, raconte-t-il avec délicatesse et poésie, la belle lui enseignait certains secrets anciens de la nature et de la magie, et le suppliait d'utiliser ses compétences de calligraphe pour copier ces recettes occultes qui aideraient à guérir et protéger les pauvres gens. Le seul moyen que ce moine avait trouvé pour transmettre ces secrets à l'insu de l'Eglise si cruellement intolérante, était de les écrire à l'encre sympathique, en espérant sans doute qu'ils se révèlent un jour au monde, par quelque inconnu attiré par cet ouvrage. Le récit raconte que l'enchanteresse procédait en cachette à des actes de guérison et de protection. Les habitants du village voisin, superstitieux, commencèrent à chuchoter que la jeune envoûteuse invoquait des forces obscures. Ils affirmèrent l'avoir vu manipuler des herbes, mettre en scène des rituels, murmurer des incantations et jeter des sorts. Un jour, un jeune enfant malade guérit miraculeusement après avoir bu une potion préparée par la jeune femme. Les villageois, plutôt que d'y voir un acte de bonté, imaginèrent un délit de sorcellerie et appelèrent l'Inquisition. La guérisseuse fut arrêtée par les autorités locales. Malgré de minces preuves, la peur et la méfiance envers ces pratiques non conventionnelles furent suffisantes pour déclencher un procès, somme toute sommaire. Les accusations portées contre la jeune ingénue étaient graves : hérésie, sorcellerie et pacte avec le diable. Elle se défendit seule, de toute sa conviction, arguant en vain que les remèdes utilisés étaient naturels. L'Eglise cherchant à affirmer son autorité, réprimait toute pratique considérée comme déviante. Le tribunal la reconnut publiquement coupable d'usages hérétiques et la condamna à être brûlée vive, le feu étant choisi comme méthode d'exécution pour symboliser la purification de l'âme par les flammes. Le moine s'est fait raconter par des proches comment la jeune femme, vêtue de simples haillons, avait été attachée à un poteau au centre de la place publique. Une foule s'était assemblée, curieuse, apeurée et exaltée à la fois. Un prêtre avait récité des prières, invoquant la miséricorde de Dieu, tandis que les flammes s'élevaient. Les spectateurs se signaient, persuadés d'avoir assisté à la victoire du bien sur le mal.

A travers les mots choisis, je devine la souffrance de ce moine amoureux, démuni devant la torture infligée à sa bien-aimée, dont il finit par dévoiler le prénom, Isolde. Je recopie scrupuleusement les quelques recettes répertoriées par le moine, en essayant de deviner les mots ou lettres qui n'ont pas survécu au temps. Sur la dernière page du manuscrit, les lettres désordonnées, dessinées à l'encre secrète, semblent avoir été écrites dans l'urgence ou sous le coup d'une grande émotion, mais pas une tache d'encre ne les macule. Je crois comprendre qu'après la mort de sa dulcinée, le moine était allé se recueillir dans la modeste cabane où la belle composait ses potions bienfaisantes. Sous un tas de bois poussiéreux, il y trouva un grimoire, rempli de dessins de plantes et de symboles abstraits. La jolie sorcière était analphabète, mais dessinait à la perfection les plantes et substances utilisées pour chaque recette. Les proportions étaient indiquées dans un langage de signes cabalistiques qu'elle avait inventés. Le moine n'avait pu conserver ce grimoire, de crainte de se faire répudier par ses supérieurs si on le découvrait, mais il avait gravé dans sa mémoire chaque page. A la fin du grimoire une recette paraissait plus importante que les autres, tant la jeune femme s'était appliquée à décrire les symptômes d'un mal que la potion était censée guérir. Les dessins représentaient précisément des fleurs, feuilles, écorces, et même des sortes de moisissures ou autre fragment animal… La belle avait dévoilé à son ami religieux les secrets de cette science médicinale et celui-ci savait identifier chaque composant par son dessin. Sous la plume du copiste, la formule s'énonçait comme une découverte révolutionnaire qui allait repousser les limites de la médecine…

Au moment où, haletante, je m'apprête à lire l'épilogue de la démonstration, le remède final, et surtout le petit colophon en fin de page, une fenêtre blanche translucide apparaît devant mes yeux avec ces mots noirs qui clignotent doucement : « Votre temps a expiré ». Je retire avec déception mes lunettes de réalité virtuelle dont les bords sont encore chauds. Quelques gouttes de sueur perlent sur mon front. Cette fiction historique imaginée par le Scriptorial d'Avranches m'a mystérieusement enveloppée. Les sensations quasi réelles que j'ai éprouvées ne m'aideront pas vraiment pour mes recherches, mais me laissent rêveuse et troublée. Sur mon agenda, je prévois avec délice ma prochaine investigation dans cette salle du Trésor, en toute réalité. Mes études seront inévitablement colorées par les chimères de cette aventure virtuelle. Je brûle d'envie de croire à l'histoire cachée d'Isolde et du moine sans nom.

Delphine LAURENT

Illustrations de Michel RIGEL

PALIMPSESTES

Nouvelles inspirées par l'art

LA MERIDIENNE DU MONDE RURAL

www.lameridiennedumonderural.fr

La prophétie de Théodeline

par Laurette Ifergan

À Rouen, la Mère Thérèse-Marie affirmait que Théodeline était la pire oblate* qu'on eût pu confier à son prieuré, Notre-Dame-des-Prés. Ce n'était pas l'avis des sœurs, qui toutefois, se rangeaient aux côtés de leur supérieure. La petite était arrivée un soir, serrant la main d'une femme qui semblait être sa nourrice. Il avait fallu ruser pour qu'elle consentît à la lâcher et la faim qui tenaillait son corps fut victorieuse : elle engloutit silencieusement le morceau de pain brun qu'on lui tendait pour l'amadouer. L'enfant, qui avait cinq ans, se révéla, peu à peu, un petit prodige et sut lire le latin presque aussi parfaitement que la sœur qui le lui enseignait. Déjà habile tisserande, la petite, un peu sibylle, avait de grands yeux noirs qui fouillaient l'âme et dans son regard, on se sentait parfois fautif de péchés non commis. La Mère Prieure tenait ses gens avec grande autorité. La petite s'était déjà enfuie par sept fois, et par sept fois, on l'avait retrouvée dans le quartier des tisserands. On ignorait qu'elle dépensait son temps dans la crypte de la cathédrale, dévorant missels, correspondances, traités de guerre, Apocalypse biblique, tout ce qu'elle trouvait en ville, au marché, à portée d'étals ou dans la bibliothèque du prieuré dont elle détenait indûment une clef. Elle se posait sous la belle lumière de la vitrerie*, lisait jusqu'au crépuscule et rentrait par la rue de Robec, de laquelle elle avait souvenir d'une enfance presque heureuse.

Quand on la retrouvait, ramenée de force, elle s'enfermait alors dans un mutisme qu'elle ne rompait que pour lire certains textes à haute voix, durant la messe : elle le faisait mieux que quiconque et en l'écoutant, la Mère Prieure s'agaçait. Elle avait même songé à se séparer de la petite

– ce qui était interdit par l'Église. Chacune des sœurs venait régulièrement la consulter pour une lecture, une traduction, un point de broderie, un écrit, ce qui était contraire au rôle qu'elles devaient tenir envers une oblate. Vers sa neuvième année, Theodeline avait dérobé à un pieds-poudreux*, qui pérorait dans la vieille ville, un livre, traité de pensées philosophiques, qu'elle avait dévoré sans trop en comprendre le sens. La Mère le lui avait confisqué, sous prétexte que seul le Malin pouvait avoir inspiré le texte.

 — Le Malin, le Malin, elle n'a que cela à la bouche, à croire qu'il est de sa famille !

Elle avait recommencé son larcin, avec comme butin, cette fois, un livret de taille moyenne, écrit de la main du moine Ekkehart et relatant l'histoire de Waltharius, dans un sublime poème épique en latin. Elle l'avait tant aimé qu'elle l'avait relu au moins onze fois.

Aujourd'hui, le petit livre qu'elle venait "*d'acquérir*" était d'une tout autre nature, et lorsqu'elle quitta prudemment la rue de Robec ce soir-là, ce fut pour rentrer d'elle-même au prieuré, sans négliger toutefois de cacher le coffret en ivoire sculpté qui contenait ce petit trésor. Le peu qu'elle en avait vu l'avait émerveillée. Cette fois, contiendrait-il quelque chose de nouveau dont elle pourrait se servir, pour s'affranchir des Sœurs de Notre-Dame-des-Prés, et pour libérer ses frères aînés de la main du tisserand qui les faisait beaucoup travailler ? C'était vers eux que ses pensées se tournaient à chaque fois qu'elle fuyait le prieuré. Elle leur apportait quelques douceurs, fruits secs, miel, noix et noisettes, dont elle prélevait délicatement, dans le cellier outrageusement garni, quelques grammes chaque jour, jusqu'au au moment où elle allait les voir. La route était assez longue, depuis le côté gauche du fleuve, jusqu'à la rue Robec, mais elle aimait tremper ses pieds dans le ruisseau éponyme. Et puis ses frères lui étaient précieux !

Comme elle rentrait par le jardin, elle enfouit le précieux livre dans une touffe d'orties : la voleuse avait peur d'être volée.

Le lendemain, après un réveil en fanfare, car c'était jour d'Épiphanie, la gamine, qui allait bien sur ses onze ans, déjeuna d'œufs et de haricots de la veille et se dirigea benoîtement vers le jardin. Personne ne lui prêta attention, la fête occupait tous les esprits. Il avait neigé ; bonheur ! Elle se piqua les mains au contact des orties, en retira le paquet, l'ouvrit. Le soleil joua sur les pierres rouges et vertes serties dans la couverture du petit livre : elle pourrait le vendre une fortune ! Mais les amoureux des livres sont ainsi faits : seul le contenu de l'ouvrage a une valeur inestimable.

Elle déchiffra aisément le titre :

Astrologie cométaire d'Avienus

— Seigneur Dieu ! Mon plus grand rêve !

Elle sut immédiatement que cette année-là, sa vie et celle de ses frères changeraient, que le contenu du livre lui ouvrirait des portes qui lui paraissaient fermées à tout jamais, Cette forte intuition lui donna des frissons. Serrant l'opuscule dans la poche de son tablier, elle rentra dans la grande salle se réchauffer les mains devant le feu, y alluma un bout de chandelle emprunté à la chapelle du lieu, retourna dans sa chambrette. Elle fut étonnée de ne croiser personne, mais se rappela que les laudes duraient davantage en ce jour saint.

Elle bloqua la porte de la cellule avec son lit et se mit à lire. C'était un traité d'astrologie, qui mentionnait le parcours des plus grandes étoiles que l'on croyait imaginaires : les comètes. Et dans cette lecture, il n'était point question de légende !

Le mois des purifications mourait doucement. Mars le suivait, rempli de sève. Dans la cathédrale de Rouen, l'observateur averti aurait pu, s'il disposait de patience, apercevoir, dans l'une des travées de la crypte, presque caché derrière un banc de chêne, un petit tas de chiffons qui parfois semblait animé. C'était Théodeline qui, profitant de la lumière qu'offrait la vitrerie et de la tranquillité de l'endroit, tournait très lentement, de ses doigts sales, un livre si petit qu'il tenait dans une main.

En s'approchant alors un peu, il aurait vu briller les yeux de la fillette, sa bouche entrouverte, son index poursuivant, une après une, les lettres en latin. S'il avait été invisible, nul doute qu'en mettant son visage tout près de l'ouvrage, le titre, autant que la facture de l'objet l'eurent surpris. Mais il n'y avait personne ce jour-là dans la crypte et la fillette, plus que jamais, lisait et relisait le traité d'Avienus, jusqu'à ce que, de compréhension, son esprit s'illumine. Elle tenait enfin son moment de gloire, qui se traduirait, sans coup férir, en écus sonnants et trébuchants. Elle relisait avec délectation :

vienet tempus quo caeclum arsil
Voici venir le temps où le ciel flambera

Au troisième jour du troisième mois de l'an 1066 de l'incarnation du Seigneur, Théodeline se présenta devant la cathédrale de Rouen. Il y avait foule, compacte, malodorante. Le corps de Rollon, le grand Viking, allait être transféré dans la crypte du somptueux édifice. C'était un ordre du Duc de Normandie, qui serait présent avec son épouse, accompagné des gens d'Église dont le supérieur était Maurille, l'archevêque de Rouen. La fillette était fort embêtée, car se faire voir – et entendre – de ces têtes diversement couronnées, relevait de la gageure.

— Peu m'en chaut ! Je trouverai le moyen d'interpeller le Bâtard*. Je monterai dans la tribune, en haut de l'abside, c'est ma seule chance.

Ce ne serait pas la première fois qu'elle se retrouverait dans cet étroit couloir qui surplombait l'autel. Il lui était arrivé, par jeu, de proférer des malédictions en latin, du haut de l'abside. Sa voix aiguë portait loin. La nouvelle qu'elle annoncerait aux Majestés serait entendue et bien entendue ! Comment faire autrement ? Elle n'avait *ni sang*, ni blason. Il fallait simplement qu'elle signe son message : Théodeline du prieuré Notre-Dame-des-Prés.

Se faufilant sur le côté droit de l'église, elle pénétra dans le lieu, emprunta le petit escalier grinçant qui menait à la tribune. Il était temps : en face d'elle, le cortège pénétrait dans le narthex. La fillette, malgré un fort caractère, se retrouva intimidée devant tant de magnificence. *La Mathilde* était d'une beauté rare, le Duc l'était moins. Leurs Majestés firent une halte dans le chœur afin de laisser passer le cercueil de Rollon, que l'on posa devant l'autel, sur un catafalque habillé de blanc. L'archevêque de Rouen se mit en place. Il allait prononcer l'oraison funèbre lorsqu'une voix presque angélique et chantante l'interrompit :

Quand Aprilus viendra,
L'astre chevelu s'éveillera,
Voici le temps ou le ciel flambera
Trois jours et trois nuits, la Terre illuminera
Et la comète en feu, le monde effrayera.

Un murmure de stupéfaction se fit entendre et la foule, interdite et craintive, s'attendait à quelque manifestation céleste. Il n'y en eut point. L'archevêque, interloqué, émergea de son trouble :
— Qui es-tu, esprit du Diable, pour parler de la sorte en ces lieux bénis ? Théodeline, cachée derrière une des colonnes de la tribune, n'en menait pas large. Il ne fallait pas se laisser intimider et délivrer le message. Elle poursuivit en haussant la voix :

Octobre verra Guillaume grand vainqueur,
Mathilde sera reine au jour de la Nativité.

Le tumulte se faisait de plus en plus puissant, Maurille ordonna à un de ses garçons de messe de monter à la tribune :
— Arrêtez-moi cette maudite !
Les pas se rapprochaient, la petite sibylle disparut de l'autre côté de la tribune, non sans avoir lancé :
— C'est moi Théodeline, de Notre-Dame-des-Prés !

La duchesse Mathilde, fort agacée, se tourna brusquement vers Guillaume :

— N'est-ce point moi qui ai fait ériger ce prieuré ? La Mère Thérèse-Marie saura bien vite nous livrer celle qui a osé interrompre l'office dédié à Rollon,

Mais son époux, ravi par la prédiction, lui fit comprendre qu'il fallait bien attendre avril, qui était si proche, puis octobre et décembre, que cette voix n'était peut-être que folie et billevesées, mais qu'il eut été plus judicieux de voir si accomplissement il y aurait.

— S'il advenait que ces annonciations fussent justifiées, il sera toujours temps d'agir sagement.

Mathilde savait à quel point son époux désirait prendre l'Angleterre au roi Godwinson. Il rêvait de Westminster, elle aussi, alors elle ne dit mot et se rangea de son côté tandis que, funèbre et compassée, la cérémonie reprenait.

Au début du mois d'avril, la nuit se para d'une nouvelle étoile, qui grossissait en se rapprochant de la Terre, éclairant le ciel en son entier. Une terreur s'empara des habitants et affolés, forcément coupables, ils entreprirent de se répandre en contritions, en confessions, en génuflexions de toute sorte.

Frappée d'admiration devant l'astre flamboyant et devant la prédiction qui s'avérait juste, la duchesse de Normandie envoya quérir *la Théodeline*. Quoi qu'il arrive, elle la voulait voir. Il fallait que la petite parlât, lui expliquât. Elle demanda de lui donner une bourse remplie afin que la fillette comprît qu'on n'allait point la tourmenter. On retrouva l'oblate qui fut conduite à la Tour du palais ducal.

En octobre, Guillaume de Normandie gagna la bataille d'Hastings, au grand dam du roi Godwinson*.

Le 25 décembre suivant, à Noël, Mathilde fut sacrée reine d'Angleterre aux côtés de son époux. Elle rebaptisa le prieuré de Rouen du nom de Bonne-Nouvelle, en guise de remerciements à Théodeline, qu'elle tint dès lors en amitié. Lorsque Odon de Bayeux voulut faire broder une tapisserie à la gloire de son frère, désormais roi d'Angleterre, ce fut évidemment à la jeune fille, de douze ans, que fut confié le soin de broder la comète miraculeuse.

Jamais Théodeline ne fit mention du petit livre qui lui avait permis de prophétiser, personne ne sut que l'astre revenait visiter la Terre *de long temps en long temps*. Ses frères, enfin libres d'aller, achetèrent boutique et tinrent commerce.

La Reine la voulut auprès d'elle comme brodeuse. Théodeline, hardie, lui déroba une besace pleine de livres et s'en retourna à Rouen.

Notes de l'auteure :

Le manuscrit « Astrologie cométaire d'Avénius » semble avoir été écrit par un certain « Astronomus », qui est sans doute un pseudonyme. Il annonce la comète de 1066, à qui Halley donnera son nom.

Le météore a paru en avril 1066, très près de la Terre. Son noyau était d'une brillance extraordinaire et le ciel en fut illuminé durant quelques nuits. Sa chevelure de gaz et de poussière couvrait un quart du firmament. Ce fut un spectacle fascinant et subjuguant, à une époque où il n'y avait pas de pollution lumineuse. Personne n'aurait pu ignorer le phénomène.

La comète apparaît sur la tapisserie de Bayeux, visible au musée de...Bayeux !

Oblat(e) : enfant confié(e) à un couvent ou monastère pour y être instruit(e)
Vitrerie : vitrail ancien sans décoration particulière
Pieds-poudreux : colporteur, vendeur itinérant
Le Bâtard : surnom de Guillaume le conquérant, fils naturel du duc Robert le Magnifique et d'Arlette, fille de tanneur.
Godwinson : dernier roi anglo-saxon d'Angleterre vaincu par Guillaume le Conquérant

Anne de Tyssandier d'Escous
Illustrations par Eyopa Pendragon

LE SEIGNEUR D'APCHON ET LA JEUNE ORPHELINE

La Méridienne du Monde Rural

Jour de fête au château !

par Sylvette Bigeard

En ce jour de l'an de grâce 718, Monseigneur Gautier, Duc de Mérigny, fête en grandes pompes le retour de son fils Geoffroy.

Le jeune Geoffroy a été adoubé chevalier il y a quelque temps et, comme tout chevalier, il a une quête à accomplir, celle de se mettre au service d'une noble cause. Il voit l'opportunité de la réaliser quand les Sarrasins franchissent le nord des Pyrénées et menacent de se déployer en *Septimanie*, là où se trouve leur duché. Il considère que c'est son devoir de participer avec d'autres courageux chevaliers à la constitution d'une armée pour les contrer. C'est donc avec fierté et enthousiasme qu'il annonce sa décision à son père. Contre toute attente, ce dernier s'oppose à son départ. Même si la décision de son fils est fort honorable, elle pose un grave problème pour son duché : si son fils unique meurt, lui qui n'a pas encore de descendance, cela signifiera la fin de la longue lignée des ducs de Mérigny. Cette cruelle éventualité, il ne peut se résoudre à l'accepter, son fils doit renoncer! Hélas, ce dernier refuse, cette quête est trop importante pour démontrer sa bravoure et mettre enfin en pratique toutes les valeurs chevaleresques qu'on lui a inculquées !

Le jour de son départ, dans la cour du château, se trouvent le prêtre, venu pour le bénir, sa mère, là pour le soutenir et son père présent pour tenter une dernière fois de le retenir ! C'est dans cette drôle d'ambiance que le preux chevalier quitte le château sur son destrier blanc, impatient de retrouver les princes, barons et autres nobles prêts à combattre. Hélas, lors de la traversée d'un village pyrénéen, à environ quatre lieues de leur domaine, un chien errant effraie son cheval qui se cabre brusquement, le faisant violemment chuter sur le flanc droit. Le rebouteux du village, mandé aussitôt, est catégorique : épaule luxée et jambe cassée. Gauthier doit se résoudre à voir ses compagnons d'armes s'éloigner vers leur glorieux destin, tandis qu'il passera deux jours dans un monastère pour des soins avant de reprendre la route, direction le château, allongé dans une charrette. S'il est plutôt honteux de revenir dans de telles conditions, son père est au contraire très heureux et n'a plus qu'une idée en tête, qu'il garde secrète pour l'instant : lui trouver au plus vite une épouse ! En effet, s'il reconnaît la bravoure de son fils pour aller se battre, il le sait beaucoup moins hardi pour courir la prétentaine, c'est pourquoi il a décidé d'intervenir !

Après avoir laissé son fils deux mois au repos pour qu'il se remette de ses blessures, le duc décide d'organiser une grande fête en son honneur, fête à laquelle seront bien sûr conviés en priorité les nobles du voisinage qui ont une fille à marier ! C'est ainsi que par une belle journée d'été, tous ses invités arrivent pour festoyer en tenue de grand apparat : cotes de velours, chausses pour les hommes et, pour les femmes, des robes de brocart rehaussées de broderies fines. Le festin a lieu au pied des remparts, sous des chênes séculaires, là où se trouvent déjà de nombreux domestiques qui s'affairent à la préparation du banquet, avec des sangliers qui grillent sur des broches en dégageant un fumet alléchant, des cailles et des carpes farcies qui mijotent dans de grands plats, de la soupe de poireau et romarin qui fume dans un grand chaudron et qui sera servie en début de repas pour « ouvrir » les estomacs et les préparer à faire ripaille. Plusieurs tourtes et pâtés bien garnis, trônent déjà au milieu des tables, prêts à être dégustés ainsi que les nombreux brocs d'hypocras qui désaltéreront les convives. C'est dans ce décor festif que le duc les accueille chaleureusement :
- Oyez, oyez, mes chers amis, soyez les bienvenus sur mes terres pour célébrer le retour, sain et sauf, de mon fils bien-aimé. Je vous invite à prendre place et faire jouissance à votre gré !

C'est ainsi que chacun profite de la générosité du duc et fait bombance sans retenue avec toutes les victuailles mises à disposition. Quand les ventres sont bien repus, le duc fait venir trois musiciens vêtus de seyants pourpoints et munis de leur hautbois, luth et tambourin. Ils ont pour mission de jouer de la musique et chanter des poèmes et ballades en cette belle langue d'oc qui fleure si bon le soleil afin de distraire les femmes pendant que les hommes partiront à cheval pour faire le tour du domaine. Pour le duc, montrer ses biens est très important, car la richesse du prétendant est primordiale pour conclure un mariage. Ils se dirigent tout d'abord vers sa grande chênaie, selon lui très giboyeuse, où il vient prélever avec ses gens les sangliers et cerfs qui serviront à nourrir sa famille puis les mène vers ses terres cultivées, qu'il affirme très fertiles, où poussent le blé et l'épeautre prêts à être récoltés et termine enfin sa visite par son étang qu'il présente comme le plus poissonneux des environs où nage une multitude de carpes et de tanches. Il a remarqué pendant la visite que certains nobliaux sont subjugués devant tant de richesses et lui posent des questions fort intéressées : combien d'arpents de terre possède-t-il ? Combien de livres de poisson sont retirées chaque année de son étang ? Combien de boisseaux d'épeautre et de blé sont récoltés à chaque moisson ? Le duc s'empresse de leur répondre afin de les appâter car ce sont les pères qu'il faut convaincre puisqu' ils détiennent le destin de leurs filles entre leurs mains, un destin qui se résume souvent à deux choix : le mariage ou l'entrée au couvent, selon la volonté paternelle !

Avant de quitter le château, après ce banquet fastueux et cette journée somptueuse, plusieurs invités lui ont retourné l'invitation. S'ils l'ont fait, le duc n'en doute pas, c'est pour parler mariage ! Bien sûr, il choisira le meilleur parti pour… son duché. Il est déjà en train de rêver à la naissance de son premier petit-fils ! Comment s'appellera-t-il ? Obligatoirement un prénom commençant par un G pour que les lettres G de M (Mérigny) puissent continuer de figurer au-dessus du blason de l'entrée principale du château comme elles le font depuis des lustres ? Peut-être s'appellera-t-il Guillaume ou, mieux encore, Gauthier, comme lui ? Il en parlera à Geoffroy le moment venu… !

Le soir, le duc est très satisfait de la tournure prise par les évènements, convaincu qu'il a bien fait de se mêler des affaires de cœur de son jouvenceau de fils pour le voir convoler en justes noces le plus vite possible !... Après avoir dégusté de succulents mets, le duc savoure maintenant, avec encore plus de délectation, les perspectives d'un avenir plein de promesses pour son très cher duché… !

Moments
de Bonheur
Anthologie
La Méridienne
du Monde Rural

Soir de fête à Ventadour

par Corinne Toupillier-Conil

Venir au château de Ventadour se mérite ! En effet, ce géant de pierre, perché sur un éperon rocheux, se situe à 572 mètres d'altitude, au-dessus de la Luzège, « *la petiota Luzegea* ».

Si l'on en croit la légende, Ebles, fils d'Archambault, seigneur de Comborn, aurait, pour choisir l'endroit de son futur château, lancé un marteau qui, après avoir traversé plusieurs vallées, aurait atterri sur ce rocher exposé aux vents ... D'où son nom, « *Ventadour* » en occitan.

Plus sérieusement, il semble qu'à la mort de son père, sa mère, Roberte de Rochechouart, lors du partage, l'ait nettement favorisé, par rapport à son frère ainé, qui, lui, reçut la future vicomté de Comborn.

C'est donc sur ce pic isolé qu'Ebles a décidé de s'installer. Peu à peu, une cité s'est édifiée sur son tertre autour d'une motte féodale. Aujourd'hui, en contrebas, d'épais remparts s'élèvent pour la sécuriser et 120 mètres de ravins protègent cette île de granit. La vue s'étend de toutes parts, notamment vers la grande rivière « *lo riu Dordonha* », la Dordogne, et vers l'Auvergne. La nature y est riche, et au fil des sentiers, on rencontre papillons et libellules ou des plantes rares comme le drosera, espèce carnivore qui se nourrit d'insectes volants...

Une première tour a été construite, puis un monastère à un kilomètre de là. Peu à peu, de nombreux aménagements ont vu le jour : la tour « Saint Georges », la courtine, la barbacane et la souricière, un couloir en pente, voûté et coudé qui permet d'accéder à la haute cour.

Comme tout seigneur, Ebles vit dans le donjon, entouré de sa famille. On y accède par un escalier étroit, qui tourne vers la droite, pour une raison stratégique et défensive : la difficulté pour l'éventuel ennemi de se servir de son épée !

C'est dans cette tour, qu'Ebles a décidé de donner une fête ce soir ! Car le châtelain s'ennuie un peu ! Quand il ne guerroie pas, en bon seigneur, Ebles collecte les impôts des paysans, s'emploie aux travaux d'amélioration qui accréditent son image et son pouvoir auprès des autres cours. Si l'occasion se présente, il adoube les chevaliers et rend la justice. Et bien sûr, il s'entraîne au combat. Il est avant tout un guerrier !

L'inaction lui pèse ! Alors, en dehors de la messe et des parties de chasse, pour se distraire, il organise des banquets et des tournois, ou des journées rythmées par des danses et des mascarades... Il se consacre aussi aux parties d'échecs, de dés, et de dames ... mais cela finit par le lasser !

Par bonheur, Ebles a une passion. Celle du « trobar[3] » ! Et son plus grand plaisir est de faire venir à sa cour, ceux qui le pratiquent, les poètes, les « trouveurs de mots ». Ceux qui chantent l'amour, bien sûr, mais qui parlent aussi de politique, de la société, de la religion... ! Tous ces auteurs, compositeurs, chanteurs, issus de différents milieux... Il aime que se rencontrent chez lui aussi bien des chevaliers, que des seigneurs ou des clercs, voire des femmes, les trobairitz... Elbes aime cette diversité.

Il pratique lui-même cet art, on le surnomme d'ailleurs, « *lo contador* ». Considéré comme un des maitres dans l'art du trobar, il s'emploie à faire de sa cour, un des lieux les plus importants de la création artistique occitane. Il a même créé la bientôt célèbre « *Escòla N'Eblon* » (l'école d'Ebles) dans laquelle seront formés des artistes réputés. Ensemble, ils créent et comparent leurs œuvres.

Ce soir, Ebles est fier et heureux, car ce sera fête au château ! Dans la grande salle aux murs couverts de tapisseries, et décorée de fleurs, il accueille ses invités auxquels il sert des mets raffinés. Des volailles, et du gibier provenant de la chasse, servis sur des tranchoirs – grandes

---

[3] En occitan « trobar » veut dire « trouver »

tranches de pain, qui font alors office d'assiettes – de beaux légumes, des fruits... que l'on mange avec les doigts. De l'hypocras accompagne la nourriture. Des récipients remplis d'eau de rose sont à disposition de chacun pour se rincer les doigts. La nourriture est servie en quantité, les restes iront aux pauvres.

Le dîner terminé, Elbes présente à son auditoire les personnalités qu'il a invitées ce soir, toutes reconnues dans l'art du trobar : Il y a le puissant seigneur Guillaume IX d'Aquitaine, comte de Poitiers ; Jaufre Rudel, qu'on surnomme le « prince de Blaye » ; le voyageur Peire Vidal ; et Bernart de Ventadorn, formé dans son école... Tous s'accompagnent d'un luth, d'une vièle ou encore d'une flûte...

Chacun d'eux a son style et rivalise de créativité devant la cour...

Pour commencer, Elbes annonce Guillaume de Poitiers, le prince-poète, le chevalier-troubadour, apôtre de la poésie d'Oc, qui tantôt se pose en défenseur des dames, les séduisant par le récit de ses prouesses chevaleresques... tantôt en amoureux, soumis à une seule dame, à laquelle il voue une adoration à la fois brûlante et respectueuse.

Guillaume est connu pour sa vie privée quelque peu dissolue : il est en désaccord avec l'Église, car il est l'amant d'une femme mariée, Dangereuse de l'Isle Bouchard – et sera même excommunié pour avoir répudié son épouse légitime. Paradoxalement, ce personnage poétique qui n'en est pas à une contradiction près, poursuit sa quête personnelle, celle d'un amour pur, et la recherche de vertus tendant à le rendre meilleur, à l'image d'un héros, voire d'un saint ... ! Ses chansons sont raffinées, dans la plus pure tradition de l'amour courtois, même si ces textes sont divisés en deux tendances peu compatibles, l'une distinguée et l'autre plutôt « paillarde ». Quoi qu'il chante, Guillaume sait envoûter son auditoire !

Ce soir, devant un public en partie acquis, il chante « *Per qu'ieu autra non azori* », (« Je n'adorerai qu'elle ») :

[*Ferai chansonnette nouvelle – Avant qu'il vente, pleuve ou gèle – Ma dame m'éprouve, tente – De savoir combien je l'aime ; – Mais elle a*

beau chercher querelle, – Je ne renoncerai pas à son lien...[...] – Que gagnerez-vous si je me cloître, – Si vous ne me tenez pas pour vôtre ? – Toute la joie du monde est nôtre, – Dame, si nous nous aimons, – Je demande à l'ami Daurostre – De chanter, et non plus crier.]
Les belles dames se pâment, sensibles à son élégance, tant extérieure qu'intérieure. Ses paroles leur vont droit au cœur. Chacune d'elles se sent l'heureuse élue, l'objet de son amour...
Ebles, quant à lui, admire la prouesse artistique de son ami.

Le maître des lieux présente ensuite Jaufre Rudel, qui, lui, chante « *l'amor de lonh* », « l'amour de loin » ... Un amour à distance et non réciproque... Jaufre prétend avoir entendu parler, par des pèlerins de retour d'Antioche, de l'extraordinaire beauté de la comtesse Hodierne de Tripoli – une dame, bien sûr inaccessible – et en être tombé amoureux. Malheureusement, pour des raisons tant matérielles que psychologiques, cet amour ne peut se concrétiser (la dame ne le connait même pas !). Cet amour, à la fois source de tristesse et de bonheur provoque chez le poète ce sentiment ambivalent, le « *joi d'amor* », mélange de souffrance et de plaisir, où l'exaltation poétique se mêle à une lancinante nostalgie ... Un sentiment qui, s'il n'est pas totalement étranger au désir, lui confère une certaine spiritualité.
Mélancolique, Jaufre interprète « *Quand lo rius de la fontana* » (« Quand le ruisseau de la fontaine ») :
[Amour de terre lointaine – pour vous tout mon cœur est dolent ; – je n'y puis trouver de remède – si je n'écoute votre appel, – par attrait de douce amour, – en verger ou sous tenture – avec la compagne désirée...]
Son air morose mais néanmoins serein charme à son tour tout l'auditoire. Les belles dames souffrent avec lui de cet amour impossible...
Ebles appelle ensuite son ami Bernart de Ventadorn, un talentueux poète qu'il a pris sous son aile. Bernart n'est pas noble. Sa mère est une servante, et son père un fournier. Mais le jeune homme est instruit et

courtois. Il charme par ses chansons où il excelle dans l'art de la *fin'amor*. Avant de chanter, Bernart interpelle son public : « *Le chant qui ne vient pas du fond du cœur n'a pas de valeur.* » affirme-t-il. Telle est sa conception de son art. *À travers ses chansons, il exprime la puissance de ses sentiments. Ses textes sont lyriques mais simples et délicats. Il manie avec autant de talent le texte que la musique, ce qui fait de lui un artiste complet.*

Ce soir il chante « *Can vei la lauzeta mover* » (« Quand je vois l'alouette s'agiter ») :

[*Quand je vois l'alouette de joie agiter – ses ailes contre le rayon de soleil, – qui s'oublie et se laisse tomber – à cause de la douceur qui pénètre son cœur, – ah ! quelle grande envie me vient – de tous ceux que je vois joyeux ! – et je m'émerveille qu'aussitôt – mon cœur ne se fonde point de désir*].

C'est là encore, un tonnerre d'applaudissements !

Ebles a choisi de terminer la soirée sur une note humoristique, avec Peire Vidal et ses textes satiriques. Peire n'est pas noble non plus, son père est peaussier à Toulouse. Il a beaucoup voyagé et s'est produit dans les différentes cours d'Europe : À Malte, il a célébré le corsaire Enrico Pescatore dans ses poèmes ; à Gênes, il s'est proclamé empereur des Génois ! ; en Hongrie, il a accompagné Constance, la princesse d'Aragon qui allait y épouser le roi... Mais c'est la Provence qui reste sa terre d'élection et c'est en son honneur qu'il achève sa prestation :

[*Il n'est de plus douce contrée – Que celle entre le Rhône et Vence – Enclose entre mer et Durance– Ni où s'éclaire si pure joie – Aussi parmi ces nobles gens – Ai-je laissé mon cœur joyeux – Auprès de celle qui fait rire les tristes*].

C'est une soirée très réussie, les invités sont sous le charme et Ebles heureux et fier, dans ce qu'on appelle son « nid d'aigle ». Il aime cette « amitié » qui nait entre les poètes, toutes origines confondues... sans parler de certains rapprochements entre les deux sexes... dont il se veut l'un des instigateurs.

Il revendique aussi son rôle de défenseur de cette langue d'Oc – romane d'Oc, si propre au lyrisme, à la délicatesse, et à l'harmonie, à l'inverse de la langue celtique qui, elle, convient à la poésie épique.

À ses côtés, Marie de Ventadour, elle-même trobairitz, partage sa passion. C'est une femme très appréciée qui sera également source d'inspiration pour certains troubadours.

Tous les convives remercient le couple pour cette charmante soirée et la lune est déjà bien haute dans le ciel, lorsqu'ils rejoignent les parties qui leur sont réservées pour y dormir. Des logis seigneuriaux réputés comme étant parmi les plus vastes du Bas-Limousin, même si, comme dans les autres châteaux, il fait froid et sombre à Ventadour. Dans cette haute cour, se situent également les logements des soldats. Les chevaliers et la garnison, les officiers et les intendants complètent la garde des habitants.

Les paysans, les « vilains », quant à eux, travaillent et vivent dans la basse cour, au sein d'une seule pièce, au sol en terre battue, en présence des animaux qui leur apportent un peu de chaleur. Le foyer éclairant et chauffant comme il le peut...

Demain, la vie reprendra son cours. Les femmes, reprendront en charge l'intendance, gèreront le personnel, la nourriture, s'occuperont des bonnes œuvres. Elles surveilleront l'éducation des enfants, et emploieront leur temps libre à des travaux d'aiguille....

Pour tromper l'ennui, les hommes s'entraineront au tir à l'arc et à l'arbalète, joueront au jeu de paume... en espérant être très vite appelés au combat !

Mais, pour un temps, cette charmante parenthèse alimentera les conversations.

Noémie MARTINEZ
Illustrations de Michel RIGEL
LE CHAT MOINE
conte philosophique
LA MERIDIENNE DU MONDE RURAL

www.lameridiennedumonderural.fr

Les troubadours

par Ludovic Chaptal

Bons ou mauvais, les troubadours
Chantent l'Europe médiévale,
Semant les fleurs et les amours
Avec leurs rimes en cavale.

Poètes des plus hautes cours
Des Royaumes et des Provinces,
Ils posent des mots sans discours
Aux creux de l'oreille des princes.

C'est à la saison des labours
Que se répandent leurs paroles
Et l'écho dans les alentours
Jongle avec l'or des auréoles.

Mille nuits valent mille jours
Pour peu qu'il reste des chandelles,
Les tendres vers viennent toujours
Frôler la peau des demoiselles.

Lorsque résonne les tambours
Ils portent le verbe aux parades,
Et quand vient l'heure des retours
Leurs voix entonnent les ballades.

Semant les fleurs et les amours
Avec des rimes en cavale,
Bons ou mauvais, les troubadours
Chantent l'Europe médiévale !

Au temps jadis

Poème courtois et néanmoins réaliste de messire Laurent Orry

T'en souviens-tu, ma belle amie
Du temps passé sous la tonnelle ?
Tu n'étais qu'une jouvencelle
J'avais déjà fort appétit.

Car je te dévorais des yeux
Et tu me rendais la pareille
Tu portais tunique vermeille
Je trouvais cela merveilleux.

Puis j'allais chanter tes louanges
Dans les tavernes de la ville
De t'aimer, il m'était facile
Le vin coulait de mes phalanges.

Je trébuchais sur ton image
Qui occupait tant mes pensées
Et je finissais allongé
En promettant d'être plus sage.

Mais je dus partir pour la guerre
Et demeurai fort loin de toi
Allant combattre pour la Croix
En cotte de mailles et visière.

Je revins, des années plus tard
Espérant ton joli minois
Pour lui jurer toute ma foi
Tout mon honneur et tout mon art.

Dès lors que j'arrivais chez nous
La peste m'avait précédé
Il ne restait de mon passé
Que ton médaillon à mon cou.

Ballade des poètes du temps jadis

par Léon Galo d'Arsac

Dites-moi où†, ni dans quel temps
Est Rutebeuf, dans sa disette,
Qui d'hiver comme de printemps
Chantait la peine ou bien la fête ;
Et Villon le voyou poète,
Déclamant la mort, les amours...
Mais que reste-t-il de leur quête,
Où sont les galants troubadours ?

Charles, le beau duc d'Orléans,
À ses belles contait fleurette ;
En quelques vers dansants, chantants
Il leur faisait perdre la tête !
Toujours était sa verve prête
Pour distiller de doux discours...
Or qui te courtise, pauvrette,
Où sont les galants troubadours ?

----

† Cet hiatus est volontaire, se référant à la *Ballade des Dames du temps jadis* de François Villon. Les règles de l'époque le permettaient.

Des chevaliers étincelants
Ils vantaient l'exploit, la conquête.
Le Connétable avait Deschamps ;
Du preux Roland que la mort guette
Le bon Turold de sa musette
Tire la geste en ses grands jours...
Or tombe sa lyre muette,
Où sont les galants troubadours ?

Prince Françoys, ton temps s'arrête.
Tes vers qui charmaient tant de cours
S'en sont volés comme fumette :
Où sont les galants troubadours ?

Virelai de Belle-Cousine

par Paul Moings

Que dites-vous Madame ?
Qu'il ne méritait pas
La ceinture bleu-roi ?
Ce garçon n'a pas d'âme ?

C'est un très mal gracieux,
Ce Jehan de Saintré
Qui dévore des yeux
Sa dame fatiguée
De trop pleurer ce drame.
Ce garçon n'a pas d'âme.

Et il va répétant,
Les lèvres écumantes
De baisers qui le hantent,
Que dites-vous céans ?
Toute la cour l'acclame,
Ce garçon n'a pas d'âme.

Avec la rage aux joues,
Comme on tire une épée,
La ceinture dégainée,
Ô terrible bijou.
Et les dames se pâment,
Ce garçon n'a pas d'âme.

Belle-Cousine est seule,
Elle pleure son amant.
Dans son cœur qui s'esseule
Meurent les doux moments :
« Ce garçon n'a pas d'âme ?
J'y vais mettre une flamme. »

La plainte du faydit…
Pantoum

par Jean-Marie Cros

L'exil ce soir me rend bien triste
Moi qui suis chevalier faydit
Le vent mauvais brouille les pistes,
La nuit ne laisse aucun répit.

Moi qui suis un chevalier faydit
J'ai quitté ma terre natale.
La nuit ne laisse aucun répit,
La peur du soir vient et s'installe.

J'ai quitté ma terre natale
Ma famille est restée là-bas !
La peur du soir vient et s'installe,
Partout c'est la fin des ébats.

Ma famille est restée là-bas,
Mes enfants, Blanche ma compagne.
Le ciel est dans tous ses états,
Les arbres battent la campagne.

Mes enfants, blanche ma compagne,
J'ai tellement besoin de vous !
Les arbres battent la campagne.
Pour résister au vent des fous.

J'ai tellement besoin de vous
Tout seul, au fond de mon silence,
Pour résister au vent des fous
En cette nuit de turbulences.

Tout seul au fond de mon silence
J'ai tant d'amour inassouvi !
En cette nuit de turbulences
De peurs de rages de conflits.

J'ai tant d'amour inassouvi,
Mais pour vous je prends tous les risques,
De peurs de rages de conflits.
L'exil ce soir me rend bien triste !

Héloïse et Abélard

par Louise Guersan

Elle avait dix-sept ans et la beauté d'un ange.
L'esprit vif et hardi, la nièce de Fulbert
Chanoine de Paris, n'était encore hier
Qu'une enfant innocente en ce cosmos étrange.

Il avait quarante ans, le savoir, la sagesse,
La soif de connaissance et on le rejoignait.
Redoutable en parlant, Abélard enseignait
À Notre Dame avec passion et hardiesse.

La nièce de Fulbert étant devenue nonne
Se devait d'écouter d'Abélard les leçons.
Dès le premier regard ils eurent des frissons,
Chacun eut en son cœur quelque chose qui tonne.

Fulbert est furieux de cette amour secrète
Et il se dit déçu ; le voici pénétré
D'une folle colère, affreusement frustré.
Il fulmine et rugit, il maudit, il décrète.

Capturé Abélard est conduit au chanoine
Qui a déjà prévu le supplice à donner.
Celui dont le phallus ne peut fonctionner
Fait couper à sa proie cet interdit d'un moine.

Les cris, les hurlements n'arrêtent pas son geste,
Abélard est trop beau pour ne pas le meurtrir.
Fulbert jouit méchamment de le faire souffrir
Prétendant que c'est Dieu qui ordonne, funeste.

Finie pour les amants, leur amour si charnelle
Mais leur lien est trop fort fondé sur la raison.
Ils s'aimeront toujours et en toute saison,
Leur absolue amour restera éternelle.

Canso

par Joëlle Caujolle

Alors qu'en son òrt[4] est assise, un soir
Du joli mois de mai où chante encore la grive
Sous le chèvrefeuille embaumant
À son doux ami, va songeant :

Jamais en ma jeune vie
N'ai vu si beau troubadour
Si bien fait et si éloquent
Qui sans faire de long discours
Sur sa flûte joue sa canso.

Près du verger fermé, une échelle attend son aimé
Qui dit tant se languir d'amour
Que son cœur de dame est à lui, toujours.
Elle se tait et s'en tient à leurs chers baisers
Car chanterait-il encore, si à Tout, elle cédait ?

Un bruit délicieux de rameaux froissés
Voici l'Amoureux à ses pieds tombé.
Sur l'herbe verte, ils s'enlacent, frémissent
Rient et jouent longtemps,
À tant de chaud et de froid, ils divaguent.

---

[4] *Ort : de hortus « jardin »* (NDLR)

Il chante : *Ma Dame si noble,*
Ma trobairitz d'une beauté parfaite
Au teint d'ivoire, aux yeux de jais,
L'attente de vous, me ravit !
Dans l'espoir, il n'est pas d'ennui.

Quand à l'aube venue, chante le rossignol
Elle répond, avant que son troubadour ne s'enfuie :
Le jour garde amour et joie,
Notre nuit vaut toute une vie !

La gente dame de mon cœur

par Serge Lapisse

Nous parcourions notre vie,
Toujours amants bienheureux,
Cheminant le cœur ravi,
En vrais troubadours heureux.

De notre roi bien-aimé
J'étais chevalier placide,
D'Isabeau, l'homme adoré.
Nous vivions, le cœur sans rides.

Extravagants et fort aises,
Moi, en tunique pirate
Elle et sa robe en trapèze,
Nos pommettes écarlates,

Mon Isabeau près de moi,
Son chinchilla gris au bras,
Nous allions, avec émoi,
A la taverne du bas

Savourer allégrement
Notre bonne morue fraîche
Source de tant d'agréments,
Et nos délicieuses pêches.

Puis à la blanche falaise
Nous courions en contrebas,
Et notre amoureuse braise
S'éteignait dans nos ébats.

Filant vers la mer jolie,
Ses tout blancs remous, hardis,
Les bras d'un ange béni
Nous menaient au paradis.

La Guerre des Rois

par Myriam Clowez

La guerre toujours la guerre qui sévit ici-bas,
Les Anglais et les Français meurent toujours au combat.
Charles VII, roi des Français, s'il ne sait plus quoi faire,
Louis XI, son fils ainé regarde, doit laisser faire.

Car il n'a que dix ans et ne peut s'immiscer
Dans ce conflit lointain, sanglant et meurtrier.
Il trouve son père faible et indigne d'être roi,
La haine s'est déclenchée, pour Louis ce jour-là.

Les récoltes sont détruites, pillées ou incendiées
Partout, jusqu'à Paris, les gens sont mutilés.
Les forteresses se dressent, les réserves s'épuisent
Comme les hommes au combat qui meurent et agonisent.

Puis apparait soudain, dans ce cercle infernal,
Une dénommée Pucelle, une Jeanne provinciale.
Les Anglais sont battus et le roi couronné,
Il est sacré à Reims, la couronne convoitée.

Mais grandissent les conflits entre son fils et lui,
Charles VII est démuni, car Louis XI le fuit.
Car Louis a grandi et n'a qu'un seul espoir,
Que la Faucheuse prenne, son père et le pouvoir.

Puis Charles est amoureux, d'une jeune jouvencelle,
La promène au château, c'est Agnès Sorel.
Devant tant de beauté, Louis est intraitable,
Devant Charles affligé, il giflera la dame.

Puis Charles meurt enfin, et Louis lui devient
Roi comme il le voulait, il suivra son destin.
On le dit sans pitié, habile et astucieux,
Et Louis ne pardonne à aucun des envieux.

Douce mélopée

par Auns Darouaz

Troubadours, quand le jour cueille la nuit,
Une lyre espiègle chante des signes.
Les trouvères du Nord, là, ne s'enfuient,
Que demeurent leurs vers, ravissants cygnes.

Quand leurs chorales atteignent les ménestrels,
S'en emparent, voix des cordes déployées.
D'un saut jovial, manifeste des ciels,
Ils chantent l'amour, l'espoir déployé.

Plume le jour, rêve la nuit, ô ma muse,
Guillaume de Machaut, seigneur des vers,
Fidèles ballades, rituels, douce excuse,
Honore, célèbre, clame les ancêtres.

Et croisent, croisent quelques preux chevaliers,
Brandissant l'épée autant que les mots.
La cire coule et l'encre, l'étrier,
Comme un preux qui scelle un nouveau fardeau.

La royauté du château s'embrase,
De quelques rimes qui s'installent ici,
Fresque colorée de la poésie,
Héritage vivant de nos aïeux, en extase.

Chanson

par Laurent Bauchet

Ô rois du Moyen Âge, dans mon âme d'enfant
Vos singuliers surnoms ont des attraits charmants !

Pépin le Bref, Philippe le Long :
À chaque roi sa dimension !
Charles le Chauve, sa calvitie ;
Louis VI le Gros, son appétit !
Philippe le Bel, Charles le Bel :
Père comme fils, beauté révèle...

Ô rois du Moyen Âge, dans mon âme d'enfant
Vos singuliers surnoms ont des attraits charmants !

Louis Ier, Robert II, les Pieux,
Et Saint Louis, le très vertueux,
Scellent authentique dévotion...
Louis VIII le Lion, Jean II le Bon,
Et Philippe III le Hardi
Au combat sacrent l'énergie !

Ô rois du Moyen Âge, dans mon âme d'enfant
Vos singuliers surnoms ont des attraits charmants !

Charles le Grand, Philippe Auguste :
Noms d'empereurs, comme de juste...
Charles le Simple est consciencieux,
Louis X le Hutin coléreux,
Charles le Sage, homme savant,
et Charles le Fol : roi dément !

Ô rois du Moyen Âge, dans mon âme d'enfant
Vos singuliers surnoms ont des attraits charmants !

Mon Roi

(inspiré de la rencontre d'Agnès Sorel et Charles VII)

par Sandrine Husson-Charlet

D'un pas leste, d'un pas lent,
Il s'est annoncé délicatement.
Il a pour magnificence,
Cette posture, cette aisance.

Je ne désirais ni faste, ni grands desseins.
Oubliant nos différences de noblesse,
Il saisit ma main avec délicatesse.
Il est des rencontres qui offrent un chemin.

Attirée par quelques instances,
Sensible, secrète, avide de sens,
Comme la fleur de lys dans le champ,
Il m'a cueillie dans l'instant.

Dans sa cape souple et diaprée,
Se reflétaient les nuances de sa sensibilité.
Ses traits d'esprit, sa courtoisie,
Tout mon être en fût épris.

Mon royaume s'ouvrait dans son regard
Aux confins des mystères...
Celui qui, prestement avait tous mes égards
A repoussé mes chimères.

Retour sur la vie au Moyen Âge

par Aliou Boubacar Modi

Au rythme des royaumes qui se font la guerre,
Naît une époque où règne entre serfs et seigneurs,
Un pont de prix qui gronde comme le tonnerre.
L'entente entre les soumis et les protecteurs.

La sécurité contre la bonne allégeance.
Le sage cultivateur travaille son champ,
Tandis que le roi chasse le chevreuil, par chance,
Aux côtés de sa dame au parfum odorant.

Le beau chevalier, sur son cheval de bataille,
Symbolise la bravoure et l'amour courtois.
Il marche avec honneur devant la valetaille
Qui le guigne, pleurant et chantant quelquefois.

Sur son chemin se succèdent les épopées
Qui nourrissent d'éclat les chants des troubadours ;
Les discours de sa dame de prosopopées ;
De peur, les cœurs des rivaux qui comptent leurs jours.

Les clercs répandent le savoir avec tendresse.
Ils traduisent les anciens manuscrits sacrés,
Aident les pauvres, face à l'obstacle qui stresse,
Soignent les blessés dans les standards consacrés.

Le courageux vilain, dans son petit village,
Se réchauffe dans sa ferme, avec du pain noir
Au menu, philosophant comme un très vieux sage
Dont la raison se perd dans l'ombre d'un manoir.

De vastes forêts se dévoilent sur la carte.
Des cours d'eau traversent des espaces déserts.
On voit la terre changer quand l'homme l'essarte,
Pour y faire pousser ses bons légumes verts.

Le ménestrel

par Daniel Leroy

Sur le chemin de ronde du château
Beau ménestrel tu rêvais de ta mie.

Mais, en bas, massés près du pont-levis,
Cinq cents soldats d'une armée ennemie
Font hennir et se dresser leurs chevaux.

Tu entends leurs cris sous le cliquetis
Des armures et de l'acier des épées.
Tu sais maintenant qu'il faudra lutter,
Qu'il est fini le temps des bals dorés
Où tu faisais danser les gentes dames
Et les preux seigneurs au son de ton luth.

Sur tes joues palies glissent de grosses larmes.
Tu sens monter en toi une peur brute.
Paraissent alors les puissants chevaliers
Qui vont protéger la belle citadelle.

La troupe casquée fond derrière les remparts.
Les flèches pleuvent et tuent, puis l'huile coule et brûle
Les assaillants montés sur des échelles
Qui, vers leurs frères d'armes terrifiés, basculent.

Mortir, estriller, encore guerroyer !
Par la sainte grâce de Dieu, ils sont boutés
Enfin du castel à la nuit tombée...

Noyés dans les douves, brisés par les pierres
Lancées à toute force des machicoulis,
Les guerriers se replient. Voilà la victoire.

Fier ménestrel chante tes si doux poèmes.
Joue une ode joyeuse pour celle qui t'aime,
Venue près de toi danser jusqu'au soir.

L'aura du vacher

par Guillaume François

La brume dissipée, dévoile la planèze,
Émerge le beffroi, de la proche cité,
Pétrifié par le froid, l'horizon dévoilé,
Augure d'une journée, promise à saine ascèse.

En ces temps médiévaux, bien âpres sont les jours,
Modestes les foyers, peu garnies les marmites,
L'aurore qui paraît, alors sur l'humble gîte,
Préfigure bien tôt, un dessein, sans secours.

Vient sa dernière heure, l'homme songe à sa mère,
Un ultime souffle, synchrone à son premier,
Sa vie qui s'essouffle, par son père contée,
Empreinte de douceur, de grâce et de lumière.

Ce père protecteur, précocement parti,
Qui menait son troupeau, de vallées en estives,
Cet agreste berceau, à la splendeur native,
Insatiable passeur, des valeurs de la vie.

Voici venu le temps, de partir à son tour,
Lui, valeureux vacher, arpenteur du massif,
Son terroir bien-aimé, sans cesse admiratif,
Radieux, assurément, d'y avoir fait séjour.

Au cantou réunis, il étreint, belle image,
Son fils, bon montagnard, robuste et courageux,
Perpétuant son art, et sa fille, air soyeux,
Dont le ventre arrondi, avise heureux présage.

Est venu son hiver, émerge leur printemps,
Lentement, il s'éteint, quand vacillent les flammes,
Leur lègue, précieux bien, sagesse de son âme,
Vertueux univers, eux, droits, la préservant.

La vie du seigneur

par Valérie Michel

Le château fort représente tout à la fois
La protection et la demeure du seigneur.
Il y vit avec sa famille, tel un roi,
Entouré de nombreux soldats et serviteurs.

A l'instar d'un petit village, le bastion
Accueille un puits, un four, un moulin et des granges,
Des paysans et toute une population
D'artisans qui construisent, forgent ou boulangent.

Le château s'avère sûr mais peu confortable.
Les pièces restent humides, sombres, glaciales.
Le mobilier, succinct, doit être transportable
Et se concentre dans la salle principale.

Partout, l'éclairage se fait à la bougie.
Le chauffage, réservé à certaines pièces,
Naît des grands feux de cheminée, du bois rougi.
La faible hygiène ne suscite aucune hardiesse.

Le seigneur organise nombre de banquets,
Preuves de richesse, de générosité.
Il reçoit vassaux et personnes d'intérêt
Lors d'agapes, gages de convivialité.

Les invités mangent avec couteaux et doigts
Viandes ou volailles rôties au tournebroche,
Acrobates et ménestrels semant la joie,
Troubadours et jongleurs allant de proche en proche.

Le seigneur se divertit aussi de tournois.
Lors de joutes équestres, un bon cavalier,
Muni d'une lance et d'un bouclier, adroit,
Doit désarçonner son adversaire humilié.

206

Mon nom est Durandal

par Denis Ollier

Martelée par Galan, le dieu des ferronniers
Je suis née d'un acier qui sonne ma fierté
Un ange m'a offerte au vallon de Maurienne
A Carolus Magnus pour un preux capitaine
C'est au Comte Roland que je fus destinée
Alliée à tout jamais à grande renommée

Je suis l'arme loyale, le son de l'idéal
Mon nom est Durandal

Mes sœurs se nommaient Almace, Courte et Joyeuse
Ainsi que Hauteclaire toutes aussi valeureuses
Qui servirent Turpin, le fier Danois Ogier
L'illustre Barbe fleurie et Fidèle Olivier
Je me suis illustrée en de nombreux combats
Mais c'est le tout dernier qu'Histoire retiendra

Je suis l'arme loyale, le feu de l'idéal
Mon nom est Durandal

Dans la chanson de geste Roland de Roncevaux
Au son de l'olifant fit sonner notre écho
Au cours de la bataille, là où le Preux mourut
Elancée dans les airs je ne fus pas vaincue
Fichée à Notre dame du bon Rocamadour
Ci clame pour l'Histoire ma gloire et ma bravoure

Je suis l'arme loyale, L'âme de l'idéal
Mon nom est Durandal

Le marais désenchanté

par Franck Denet

Mon domaine est de joncs, de blêmes nénuphars.
Je plonge dans l'eau floue, la vase me reflète.
Égaré, solitaire, dans le déclin du soir,
Je lance ma réponse aux bavardes reinettes.

Que m'est-il arrivé ? Suis-je ressuscité,
Sous les traits repoussants de ce triste animal,
D'une lente agonie, d'un mal inexpliqué,
De la cruelle issue d'un accident fatal ?

Perdus les jours paisibles, disparu le seigneur !
Le prince est un crapaud, riez peuple taquin !
Et ma douce compagne, la femme de mon cœur,
Saura-t-elle épargner ma mémoire en son sein ?

Je bondis tout à coup, je gobe un papillon,
Je ne sens aucun goût à ce met de couleurs.
Je reprends mon affût au pied des frondaisons ;
Le jour à l'agonie se retire en douceur…

J'entends claquer au loin les sabots d'une troupe.
Un olifant résonne au fronton gris des nues.
Et si je rencontrais, tout droit monté en croupe,
Le fidèle reflet de mon passé perdu ?

Comment agirait-il en son propre idéal,
Trouvant sur son chemin mon être sous ces traits ?
L'horreur en moi grandit : fuis, petit animal !
Fonds toi le mieux possible au creux de ce marais !

Car je sais, je devine, les manières cruelles
De celui que j'étais, puissant et orgueilleux.
Je crois que sans un mot, il descendrait de selle,
Et qu'il m'écraserait sous ses talons boueux…

Le rameau d'églantier

par Anne-Lise Bretant

Mahaut, Alienor et Rosemonde, les trois sœurs à marier
Egrainent les secondes qui les séparent de Mai.

La tradition voulant que les jeunes hommes accrochent
Tout en haut des maisons des branches de proche en proche.

Chaque rameau ayant sa signification
Il attire les foudres ou les bénédictions.

On parle de fiançailles, et imagine-t 'on
On pleure à chaudes larmes quand dorment les maisons.

Que la tradition soit, que la tradition vive,
Elles attendent toutes trois les branches les plus vives :

D'un Hêtre, d'un Charme mais pas de Cerisier !
Elles rêvent même en secret du rameau d'Eglantier.

Seront-elles cette année dotées de branches chétives
De rameaux bien feuillus, de l'homme qui les courtise ?

****

Le jour se lève. En hâte, on ouvre les volets.
Deux rameaux seulement ornent le mur épais.

****

Une semaine plus tard, on danse on fait ripaille,
Aliénor se lamente et Rosemonde s'encanaille.

La belle et douce Mahaut, n'a que faire de ses sœurs,
Elle ignore les soupirs, n'écoute pas les pleurs,

Trop occupée ce jour à oublier le temps…
Perdue dans les yeux sombres de l'amoureux Tristan.

(Ce poème évoque la tradition qui chaque année, depuis le Moyen-âge, dans la nuit du 30 avril au 1er mai, amenait les jeunes hommes célibataires des villages à installer des arbres (appelés les mais) devant la porte ou contre le mur du domicile des jeunes filles à marier pour les honorer. Autrefois, selon l'essence de l'arbre posé sur la façade, la signification n'était pas la même : L'églantier - tu es mon grand amour, le charme - tu es charmante, le hêtre – amour le plus profond, le cerisier – fille facile.)

L'attaque du château

par **Claude Dussert**

Dans la mémoire des ans et d'un temps révolu
Où légendes et vertus se mêlent au présent
Trouvères et troubadours, ménestrels et manants,
De la chanson de geste aux romances impromptues,

Chantaient l'amour courtois aux belles de la cour,
Récitaient des ballades ou des contes grivois
Aux seigneurs égarés dans les bouis-bouis sournois
De villes fortifiées et villages alentour.

Les mœurs sont guerrières, pas de place aux ringards,
Pour défendre son bien on construit des remparts,
C'est du haut des créneaux que se joue la victoire.
Quand la faim et la soif deviennent des tourments,
Les chevaliers deviennent véritables soudards.
On hisse alors la herse et tout en guerroyant

Les chevaux harnachés et les porte-étendards
Se débandent alors telle une horde sauvage
Les traitres sont pendus sans autre étripage.

Par-delà les remparts

par Marie-Charlotte Servy

L'aurore s'éveille doucement sur la contrée verte.
Par-delà les remparts du château, la liesse.
Le chèvrefeuille s'enlace avec grande tendresse
Aux lianes d'une discrète rose sauvage ouverte.

Les lointains échos entre Anglois et François
S'étant évanouis, nul estoc au vent coulis.
Si les gardes ne guettaient depuis les mâchicoulis
L'on croirait que tout être est devenu de bon aloi.

Preux chevalier va, pars voyager par ton cœur,
Pars voyager par monts et par vaux justicier ;
Sois-tu damelot ou héros, mais méfie-toi,
Prends garde aux faquins, aux coquins et foimenteurs.

N'oublie jamais ni courage ni lucidité,
Les mâtins t'attendront comme ta mie épousée.

Ménestrels et troubadours par leurs notes lestes,
Conteront tes exploits en moult chansons de geste.

Le château de Foix